손정승

전라남도 화순군에서 자라 지금은 서울특별시에 사는
1인 가구 여성. 부모님이 나를 키운 시간과 내가 나를
키운 시간이 곧 같아지는 요즘, 내가 키운 내가 부모님께
부끄럽지 않도록 발 디딘 곳에서 잘 살아가려 한다.
희로애락이 선명한 일 앞에서 사투리도 더 선명해지는 편.
『아무튼, 드럼』과 『고마워 책방』(공저)을 썼다.

전라의 말들

전라의 말들

(이것을 읽어블믄
우리는 거시기여)

손정승 지음

유유

들어가는 말
뽀짝 붙어서 살째기 건네는 야그들

오랜만에 동네 작은 영화관에 갔습니다. 영화『버텨내고 존재하기』를 보러 간 것인데요. 1935년부터 버텨 내고 존재하는 '광주극장'을 배경으로, 자신의 정체성을 고수하려는 여덟 팀의 뮤지션이 노래하고 인터뷰하는 모습을 담은 아주 단순한 구성의 영화였습니다. 광주극장은 2024년 광주광역시의 유일한 단관 극장이자 예술 극장입니다. 그곳엔 놀랍게도 여전히 손간판을 그리는 박태규 화백도 계십니다. 저도, 제 친구도 여기서 영화를 많이 보았어요. 광주극장에 온 적 없는 사람들도 와 본 것 같은 느낌이 들면 좋겠다는 최고은 기획자의 말대로, 영화는 극장의 구석구석을 꼼꼼하게 담아 냅니다. 매표소, 영사실, 볕이 드는 2층 복도, 로비…… 그 공간을 몹시 아끼는 사람의 시선이라는 걸 어렵지 않게 알 수 있었어요.

같은 생각을 가진 사람들이 자신들을 꼭 닮은 장소에 모여 하나의 메시지를 담담히 전하는 방식은 마음을 깊이 울립니다. 그 모습이 대단히 화려하거나 떠들썩하지 않아도요. 문득 이 책도『버텨내고 존재하기』를 닮으면 좋겠다는 생각이 들었습니다. "사투리는 아름다운 우리 언어니 무조건 많이 사랑해 주세요!"라고 주장하기보다는 저의 이야기를 먼저 내보이려 했습니다. 제가 영화를 보며 저의 광주극장을 떠올린 것처럼 누군가도 제 글 속에서 오래된 추억을 떠올리거나 낯선 아름다움을 발견할 수 있지 않을까요?

이 글을 쓰는 지금 저는 서울에 사는 서른세 살의 1인 가구 여성입니다. 고향을 떠나 서울로 이주한 젊은 여성으로서, 전라도에서 산 시간과 서울에서 산 시간이 거의 같아지는 이 시점에 저만이 할 수 있는 말이 있겠다 싶었습니다. 책이 마냥 좋았던 어린 시절을 지나 오랜 시간 책방에서 일하며 기어이 말을 다루는 사람으로 살게 되니 말의 힘과 아름다움을 더 선명히 느꼈어요. 사투리가 제 입으로 발화되는 시간보다 제 속에 잠들어 있는 시간이 압도적으로 많아질 때쯤『전라의 말들』을 쓰게 됐습니다. 초반엔 봇물 터지듯 지난 추억들이 쏟아져 나왔어요. 하지만 문장 100개와 그에 따른 단상 100개를 쓰는 건 녹록지 않아서 재밌는 영상이며 묵직한 소설, 다큐멘터리, 노래까지 사투리가 있을 법한 곳이라면 어디든 기웃거리는 게 매일매일 중요한 일과가 되었습니다. 입에 달고 살았으면서도 못 싣는 사투리도 정말 어쩔 수 없이 생기더라고요. 이 부분은 독자님의 어깨를 살짝 밀며 "아따 쪼까 이해해 주씨요"라고 말하고 싶습니다.

20년 전 광주극장을 빠져나오던 어린 저에게 "넌 20년 뒤에 전라도 사투리에 관한 책을 쓸 거야"라고 말하면 그 친구는 믿을까요? 낯선 외국어를 배우면 또 하나의 세계가 열린다던데, 생각해 보면 저는 어릴 때부터 이중 화자였던 겁니다. 이미 이 세계와

저 세계를 오가는 사람이었던 거죠. 그걸 이제야 깨닫다니, 아니, 지금이라도 깨달아서 얼마나 다행인지 모릅니다.

책을 쓰면서 평소에 자주 생각하지 못했던 사람들의 얼굴을 두루 떠올렸습니다. 가족 이야기를 실컷 했고, 이제는 기억 속에만 남아 있는 친구들 얼굴도 많이 떠올렸어요. 마감에 숨이 턱까지 차오를 때면 수 편집자님은 이제 다 왔다고, 결승점이 코앞이라고 몇 번이고 일러 주었습니다. 이번 책도 역시 혼자 쓴 게 아니라는 걸 절절히 깨닫습니다.

이 책을 펼쳐 든 당신은 타인의 말을 정확히 이해하려는 사람일 겁니다. 타인의 말과 마음을 제대로 이해하고자 하는, 타인과 연결되고자 하는 좋은 욕심이 있는 분 말입니다. 그저 즐겁게만 읽어 주세요. 전라도 사투리의 말맛을 볼 기회를 제공할 수 있다면, 그래서 그게 독자 여러분에게 제법 맛있게 느껴진다면 그것이 저의 가장 큰 보람이고 기쁨이겠습니다.

'야, 있냐'

광주청소년디자인센터 1824 온라인 글쓰기 클럽 이름

스무 살에 서울에 와서 가장 곤란했던 건 그 무엇도 아닌 입을 떼야 하는 순간이었다. '야, 있냐'라고 말을 시작하지 못하는 건 한국인에게 '아니' '근데' '진짜'를 못 쓰게 하는 것과 마찬가지였다. 육하원칙도 아닌데 말이 완성되지 않는 기분이었다고나 할까. '있냐'는 '있잖아'와 같은 역할을 한다. 다가가서 "야 있냐"라고 말을 하면 이제 상대방도 귀를 기울이고 내 말을 들을 준비를 하는 거다. '야, 있냐'라고 말을 걸 수 있으려면 반말을 할 수 있을 만큼 친해야 한다. 광주에 있는 한 글쓰기 모임의 이름이 '야, 있냐'인 것 또한 비슷한 맥락일 것이다. 이 모임에 참여해 본 적은 없지만 진솔한 이야기가 오갈 거라는 기대를 해 볼 수 있다.

나보다 조금 더 늦게 서울에 자리 잡은 동향 친구는 '있냐'가 사투리인지도 몰랐다고 했다. 다른 친구에게 그렇게 말을 시작했더니 있긴 뭐가 있냐며 장난스레 퉁박을 놓았단다. '퉁박을 놓는다'는 말 또한 사투리다. 표준어로는 통박이라 하고, 보통 '통박을 주다' 꼴로 쓴다. 나도 오래전 들었던 퉁박이다.

서울에서 고향 친구를 만나거나 방학을 맞아 고향에 갈 때면 '야, 있냐'라는 말을 부러 문장마다 붙여 가며 원 없이 떠들었다. 성인이 되고는 줄곧 서울에서 지냈기에 '있냐'는 내게 귀여운 소녀들의 단어다. "있냐"라고 친구의 주의를 환기하며 말을 거는 10대의 내가, 그 옆에서 "어, 뭔디?"라며 귀를 살짝 가져다 대는 내 친구가 거기에 있다. '있냐'는 가뿐한 잡담부터 무거운 이야기까지 아우르며 입을 트는 데 도움을 준다. 뒤에 꼭 어려운 이야기가 나올 것만 같은 '있잖아'와는 또 다른 느낌이다. 서울에선 사회에서 만난 친구들이 많아 반말보단 존댓말을 많이 쓰지만, 다음 주에 반말하는 친구를 만나면 모처럼 "야, 있냐" 하고 입을 떼고 싶다.

나는 방언을 많이 쓴다. 방언인 줄 알고
쓰는 것도 있고 방언인 줄 모르고 쓰는 것도
있고 표준어로는 몰라서 할 수 없이
방언을 그대로 쓰는 것도 있고 아무튼 많이
쓰기는 쓴다.

채만식, 『한글 교정과 오식, 사투리』(1949)

「탁류」, 「레디메이드 인생」 등으로 유명한 채만식은 작품 속에서 전국 팔도 사투리를 탁월하게 구사한다. 자신의 방언 사용에 대해 고백하는 이 글이 어디서 나왔나 싶어 전문을 찾아보니, 광복 직후 만들어진 조선어 사전에 대한 불만을 토로하는 글이었다. 당시 조선어 사전에는 한글 표기법이 통일되지 않고, 흔히 쓰이는 방언이 제대로 수록되지 않았다는 문제가 있었다.

여기서 채만식이라는 이름만 지우면 내가 쓴 글 같아 웃음이 난다. 나도 사투리를 많이 쓴다. 부모님과 고향 친구들을 만날 때면 사투리인 줄 알고 쓰기도 하고, 무심코 썼다가 나중에야 사투리인 줄 깨닫기도 한다. 채만식은 자신이 방언을 많이 쓰는 작가이기에 교정자가 원고 교정 단계에서 방언이 아님에도 방언인 줄 알고 고친 말이 있다고 했다. 나 또한 직전에 냈던 『아무튼, 드럼』을 쓰던 때가 떠올랐다. 채만식의 경우와는 반대로, 담당 편집자님이 내가 표준어인 줄 알고 쓴 것을 사투리라고 알려 주셨다. 무심결에 '새까맣다'를 '쌔까맣다'로 표현한 부분이었다. 이건 사투린데 말맛을 살리고 싶으면 이대로 가고, 비문처럼 읽힐 듯하면 고쳐도 된다고 하셨다. '쌔까맣다'가 사투리라고? 그저 새까만 정도를 더 강하게 표현하는 말인 줄 알았던 나는 고민 끝에 아쉽지만 새까맣다로 고쳤다. 앞으로도 나는 사투리로 밝혀지는 말 앞에서 얼마나 새삼스레 놀라게 될까?

독자들에게 전하거니와 그는 이 책을
광주라는 도시에 대해 말할 온전한
자격을 갖춘 이가 쓴 것으로 읽지는 말아
주기를 바라고 있다.

김형중, 『평론가 K는 광주에서만 살았다』(난다, 2016)

이 한 줄을 보는 순간 절을 하고 싶었다. 토씨 하나 틀리지 않고 내가 하고픈 말이었다. 나만 그런 게 아니라는 큰 안도감도 함께 얻었다. 출판사 난다에서 부지런히 펴냈던 시리즈 '걸어본다'의 광주 편은 김형중 문학평론가가 맡았는데, 그는 광주에서 나고 자라 생의 마지막도 여기서 마무리할 것 같아서 이 책을 쓰기로 결심해 놓고도 책 서문에서 이런 부탁을 한다. 이분도 이럴진대 나는 오죽하겠는가. 머지않아 고향에서 산 시간과 떠나 산 시간이 같아지는데. 책을 쓸 때면 아무도 뭐라고 하지 않는데 많은 작가들이 스스로 자격이 부족하다는 생각에 자격지심에 시달리고는 한다. 자격을 이미 갖추고서도 말이다.

내가 『전라의 말들』을 쓰기로 결심한 데에도 분명한 이유가 있다. 첫째는 스스로 공부를 아주 많이 할 기회가 될 수 있다는 점, 둘째는 내 정체성의 중요한 부분을 정리할 수 있다는 점, 마지막으로는 언어학사에 작게나마 한 획을 긋는 일이 되리라는 점 때문이었다. 그래서 욕심 냈다. '이주한' '젊은' '여성'이라는 점에서 내가 겪고 느낀, 나만이 말할 수 있는 것들도 분명 있으니까.

『전라의 말들』을 쓰게 됐다고 했을 때 벗은 몸을 뜻하는 전라全裸냐는 말도 세 번쯤 들었다. 생각해 보면 틀린 말도 아닌 것 같다. 사투리 하나하나를 벗겨 내듯 골똘히 들여다보았으니까. 다니는 회사, 모은 돈, 불리는 이름 같은 외적이고 물리적인 조건을 벗어던진 나를 들여다보았으니까.

나를 만든 팔 할인 사투리의 아름다움을 잘 전하고 싶다. 모쪼록 즐겁게 읽어 주시기를. 다 읽고서 원어민의 억양이 궁금하다면 내게 얼마든 요청해도 좋다.

9월 17일 반갱일

제2회 전라도 사투리 경연대회 대상 수상작 「핸숙이의 일기」

초등학생 때까지는 주 6일 학교를 갔다. 옆 학교가 한 달에 한 번 '놀토'(노는 토요일) 시범학교로 지정되어 얼마나 부러웠는지 모른다. "그럼 주말에 시간이 너무 남아돌아서 어떡해?"라고 걱정 아닌 걱정을 하면서 말이다. 중학생이 되자 우리 학교도 한 달에 한 번, 이 주에 한 번 쉬더니 이내 토요일 등교가 완전히 폐지되었다. 반공일이 진정한 공일이 된 것이다.

반공일과 공일은 어떤 이념과 관련된 단어가 아니다. 빌 공空자를 써서 공일은 전부 비어 있는 날인 일요일을 뜻하고, 반공일은 절반만 비어 있다고 하여 오전에 일하고 일찍 끝나는 토요일을 뜻하는 단어다. 전라도 사투리는 '아', '어', '오' 같은 후설모음이 '애', '에' '니' 등으로 변하는 '전모음화'가 특징이라 공일을 '갱일'로 발음했고. '반갱일'은 이제는 정말로 쓰지 않는 단어라 아주 가끔 어르신들의 입을 통해서 듣곤 한다.

인터넷 서핑을 하다 보면 동년배들이 주6일 등교하던 시절 토요일의 분위기를 묘사한 글을 이따금 본다. 그럴 때면 점심을 먹지 않고 하교하는 토요일 낮 시간의 햇볕과 바람이 지금이라도 손에 잡힐 듯하다. 한 주를 마무리하는 약간의 분주함과 나른함이 반씩 깃들어 있던 그 시절의 '반갱일'.

모음의 면에서 서남방언의 가장 두드러진
특징은, 표준어의 '의'가 대개 '으'로
대응되어 나타난다는 사실이다. '으사(醫師),
처남으덕(처남댁), 우리으(우리의)' 등에서
보듯, 한자음이나 속격조사에 기원하는
'의'는 이 방언에서 '으'로 실현된다.

'서남방언' 항목, 『한국민족문화대백과사전』
(한국학중앙연구원)

아빠는 전라도 사람이지만 20대 전부를 서울에서 보냈고 엄마는 경상도 사람이라, 우리 가족 중에서는 일곱 살 이후로 쭉 전라도에서 살아온 내가 사투리를 가장 걸쭉하게 쓰는 듯하다. 그런 나도 크게 당황했던 적이 있다. 몇 대에 걸쳐 화순을 꽉 잡고 살아온 화순 토박이 친구와 절친이 된 것이다. 그 친구는 모의고사를 모'으'고사라고 했다. 뭐시여, 해도 해도 너무하지 않은가! 다들 의사를 [으사]라고 하고, 국회의원을 [구게의원]이라 하고, 에픽하이를 [에피가이]라고 발음해도 하나도 이상하지 않았다. 그치만 [모으고사]라니…… 이 발음은 정말이지 여기 사람이 아니면 할 수 없는 발음이라고 지금도 생각한다.

'ㅢ' 발음은 의식하지 않으면 발음하기 어려운 이중모음이 맞다. 유독 전라도 사람이 의를 '으' 혹은 '이'로 좀 더 자주 바꾸어 발음할 뿐. 경상도인들이 'ㅅ'과 'ㅆ'을, '으'와 '어'를 정확히 구분하기 어려워하는 것과 비슷하리라. 경상도인들이 살/쌀 발음을 구분하지 못하는 것이 뭇사람들의 관심을 받을 적에 나도 엄마에게 쌀을 발음해 달라 했었다. 엄마는 쌀은 매우 유창하게 발음하였으나 뜬금없는 곳에서 경상도 출신임을 드러냈다. 그녀는 내 이름 '정승'을 '정성'이라고 불렀다! 해리포터 시리즈 책을 사다 주실 때도 꼭 [터]와 [트] 사이에서 애매하게 뭉개며 '해리포트'라고 하셨다. 엄마는 "에라이!" 하며 구강 구조가 문제가 하셨지만 나중엔 웃음기 뺀 얼굴로 이렇게 말씀하셨다. "근데 솔직히 경상도 사투리는 참 지가 말하고 싶은 대로 하기는 해." 경상도 사투리가 특히 밑받침이 없고 줄여 부르는 게 많아 그렇게 생각하셨지 싶다. 작은 나라에 모여 사는 비슷하게 생긴 사람들 간에도 저마다 유독 못하는 발음이 다르다는 게 재밌다.

이것을 마셔블믄 우리는 거시기여.

예능 프로그램 『아는 형님』(JTBC) 225회

이것을 마셔블믄 우리는 거시기여.

예능 프로그램 『아는 형님』(JTBC) 225회

(006)

'아따'와 '왐마'가 만능 감탄사라면, '거시기'는 단연 만능 명사다. 놀랍게도 거시기는 1988년부터 표준어로 사전에 등재되었지만, 많은 이들이 사투리로 알고 있는 데다 전라도 거시기만의 참맛이 분명 따로 있기에 한번은 짚고 넘어가려고 한다.

전라남도 진도군 출신의 트로트 가수 송가인은 한 예능 프로그램에서 영화 대사를 전라도 사투리로 다시 읽는 유머를 구사한다. 영화 『내 머리 속의 지우개』 중 주인공 수진이 "이거 마시면 우리 사귀는 거다?"라며 철수를 도발한 뒤 소주를 들이켜는 장면이 있다. 송가인은 이 대사를 "이것을 마셔블믄 우리는 거시기여"라고 바꿔 강력한 한 방을 날린다. 그녀의 재치에 감탄하며 크게 웃었다.

거시기는 단어가 생각나지 않을 때나 표현하기 거시기 할 때 거시기 하는 단어다. "아따 그 뭐 거시기 있잖애"라든가 "흐미 거시기 뭐드라" 하면 단어가 떠오르지 않는 거고, 심지어 사람을 "거석아"라고 부를 때도 있다. 이건 상대가 누군지 아는데 이름이 순간 떠오르지 않을 때 부르는 호칭이다. 맥락에 따라 긍정과 부정으로 모두 사용할 수 있다는 점도 재밌다. 예를 들어 "쪼까 거시기 한디……"는 찜찜한 기분일 때 쓸 수 있고, "쪼까 거시기 한디~"는 애정 전선에 이상이 없는 연인 사이에서 웃자고 쓸 수 있는 말이 되기도 한다. 표현하기 어렵거나 "설명하지 안 해도 알제?"라는 뜻으로 말할 때도 쓰인다. 한 가지 유의할 점은 미디어에서 보여 주는 것처럼 '거시기가 거시기 혀서 거시기 해브렀구만' 정도로 남발하지는 않는다는 것.

"허벌나게가 이것도 다섯 개가 넘어요.
징허니 겁나게 허천나게 허벌나게
오라지게."

예능 프로그램 『라디오스타』(MBC) 360회

가수 김경호를 좋아한다. 그의 노래는 물론이고, 어려운 곡을 차가운 표정으로 힘들이지 않고 불러 내는 모습과 예능에 나와 구수한 사투리로 입담을 과시하는 모습의 격차도 좋다. 전라남도 목포 출신인 그는 눈 감고 들으면 영락없는 옆집 아저씨인 말투로 사투리의 매력을 전파한다. 나는 김경호 씨가 전라도 사람이라는 걸 아주 늦게야 알았다. 전성기 시절 영상을 보면 그는 나긋나긋한 표준어를 쓰고 있기 때문이다. 소속사에서 사투리를 고치는 게 좋겠다고, 혹은 되도록 입을 열지 말라고 말했을지도 모를 일이다.

스무 살에 서울로 대학을 와 보니, 사투리를 '고치는' 데에도 뚜렷한 계급이 있었다. 나를 포함한 전라도 여자는 반드시에 가깝게 대부분 말투를 고쳐 표준어를 구사하려고 했다. 전라도 남자는 절반은 고쳤고 절반은 내세우듯 더 격하게 썼다. 경상도 여자는 고치고 싶어 해도 센 억양 때문에 고향을 금방 짐작할 수 있었고, 마지막으로 경상도 남자는 뽐냈으면 뽐냈지 '사투리를 고친다'는 말 같은 건 그들의 사전에 없어 보였다. 같은 하늘 아래 같은 도시 같은 학교에 모였는데 목소리에 실린 힘이 달랐다. 누구는 고향을 단박에 알아챌 수 있었지만 누구는 한참을 돌고 돌아야 고향을 알 수 있었다. 아무도 뭐라고 한 적 없는데 약속이라도 한 듯 그랬다.

지금의 나는 스무 살 때 마음에서 벗어나 자연스러운 억양으로 말하며 산다. 끝내 표준어 억양을 구사하지 못한 자포자기의 마음도 아니고, 나의 고향을 만천하에 알리고 싶다는 대단한 마음가짐도 아니다. 내가 쓰는 사투리를 그저 나라는 사람의 특성으로 이해하는 나 자신과 친구들 덕에 이렇게 잘 지내고 있다.

나도 그 빵 반틈만 줘라.

「날씨가 이제 솔찬히 덥구만」, 『전대신문』(2024.5.12.)

서울에 처음 와서 사투리인 걸 깨달은, 사투리라는 걸 유독 믿기 어려웠던 단어가 몇 가지 있다. 그 믿기 어려운 단어들은 이 책에서 찬찬히 소개할 예정인데, 그 첫 번째 단어가 바로 '반틈'이다.

반틈 하면 꼭 생각나는 풍경이 있다. 교실의 우유 급식 시간. 우유 급식은 쑥쑥 자라는 청소년 성장에 도움이 되라는 취지였지만 강제로 우유를 먹게 해 힘들기도 했다. 맨 우유를 억지로 먹다 토하는 친구도 가끔 있었다. 우리 선생님은 우유에 뭔가를 타 먹지도 못하게 해서, 교실에 초록색 우유 박스가 등장할 때면 우유에 타 먹는 달달한 초콜릿 가루 '제티 암시장'이 작게 열리곤 했다. 한 녀석이 '제티'를 여러 개 사 와서 백 원, 이백 원에 파는 것이다. 그러다 선생님께 걸리면 판매자만이 아니라 모두가 함께 절망했다. 구매 시기(?)를 놓치거나 공연히 사기 싫을 땐 짝꿍이 먹는 걸 반틈만 달라고 해서 나눠 먹기도 했다. 반틈까지는 제법 초콜릿 우유의 풍미를 느낄 수 있지만 더 나누면 정말이지 '초코향'이 스치고 지나간 맛이 난다. 색도 희멀건 베이지색. 그것도 좋다고 그 자그마한 제티를 네 명이서 함께 나눠 먹기도 했다. 이제는 당시 교실 암시장에서 거래되던 제티 금액의 수십 배를 지불하면서 단 음료를 사 마실 수 있는 어른이 되었지만, 달콤하고 짜릿한 목 넘김은 그때가 좀 더 좋았던 것 같다.

참고로, 반틈을 큰 물건을 앞에 두고 썼던 기억은 별로 없다. 대개는 제티나 자유시간 같은 작은 것들을 놓고 썼다. 지우개가 없는 날이면 짝꿍에게 반틈만 잘라 주면 안 되느냐고 묻기도 하고. "야, 나 반틈만 줘"라고 하면 돌아오는 답은 이렇다.

아나

"아나." 이때 포인트는 절대적인 무심함이다. 말도 행동도 무심히, 툭. 건네는 순간에도 내가 무언가를 주고 있다는 걸 잊은 듯, 보상 같은 건 바라지 않는다는 듯 명쾌하고 깔끔하다. '아나'는 절대로 다정한 억양으로 쓰는 말이 아니다. 그러면서도 줄 건 주는 단어라 주로 무람없는 사이에서 쓴다. 때론 귀찮게 구는 녀석에게 먹고 떨어지라는 식으로 쓰기도 하지만, 다행히도 그렇게 뭔가를 받아 낸 기억은 없다. '자'는 어쩐지 좀 새초롬하고, '옛다'는 낡아서 쓰지 않고, '여기'는 너무… 너무 부드럽다.

쓰는 말씨는 성격에도 영향을 미쳐서 '아나' 권역에서 살아온 나는 확실히 섬세한 사람은 아니었다. 무심하게 사람들을 챙겼고 내 도움이 필요한 주변 상황을 전혀 눈치채지 못하기도 했다. 내 입에서 '아나'보다 '여기'가 점점 더 많이 나올수록 조심스러운 다정이 늘고, 무심한 다정은 줄었다. 뭐가 더 낫다고 할 수는 없지만 아쉬운 마음이 드는 것도 사실이다. 어쨌든 내게 반틈과 '아나'는 짝꿍처럼 한 세트인데 반틈을 쓸 일이 없어지자 '아나'를 쓸 일도 함께 줄어 버렸다. '아나'를 쓸 수 있는 사이보다 조심스러운 사이가 더 많은 어른이 되었다는 뜻이기도 하겠지.

오빠는 삼형제고
저는 양님딸로
내재로 태어낫습니다

정점남, 「고생 만은 우리 엄마」, 『할매들은 시방』
(정한책방, 2020)

양님딸은 '양념 딸', 즉 고명딸의 사투리다. 음식 위에 알록달록 얹어 음식의 때깔을 완전히 바꿔 주는 그 고명 말이다. 요리를 잘하는 사람들은 안다. 고명의 유무가 음식의 완성도를 얼마나 크게 좌우하는지. 이런 단어를 보면 옛날 어르신들도 딸을 퍽 사랑한 것도 같은데 어째서 그렇게 아들, 아들 했는지 모르겠다. 정점남 할머니와 함께 시를 쓰고 그림을 그린 다섯 할머니들 가운데 무려 네 분의 성함에 '남'이 들어 있다. 아마 사내 남男 자일 확률이 높으리라.

일평생 글자를 모르고 지냈던 어르신들은 시를 써 보라는 요청에 막막함을 토로한다. 그러다 조심스레 꺼낸 이야기들은 지난 세월에 대한 회한, 감사, 그리움으로 가득 차 있다. 시를 배운 적 없어도 그 누가 쓴 시보다 마음을 크게 울린다. 삶의 희로애락이 크고 선명하다. 한 자 한 자 고심하며 눌러 쓰는 모습이 눈에 선하다. 이게 시가 아니면 무엇일까.

정점남 할머니는 남편과 일찍 사별해 홀로 자식들을 키우다 여든넷에 세상을 떠난 어머니에 대해 말한다. 내가 태어났을 때부터 할머니였던 어르신들의 과거를 상상하기란 여간 어려운 일이 아니다. 여든이 넘어서도 사무치게 그리운 엄마가 있다는 것. 언젠가 나도 반드시 알게 될 마음이기에 가늠해 보려 해도 도무지 가늠이 되지 않는다. 지금으로선 그저 부모님과 나 사이에 놓인 30년의 간극이 자주 아깝고 야속할 따름이다.

아이고 성님 동상을 나가라고 하니
어느 곳으로 가오리오 이 엄동설한에

　　　　육각수 노래, 『홍보가 기가 막혀』

성님은 형님의 'ㅎ'이 구개음화된 발음으로, 쉽게 말하면 입천장 중간에서 나던 소리가 앞쪽 천장에서 나는 현상이다. 같은 예시로는 흉년을 [슝년]으로, 흉악하다를 [슝악하다]로 발음하는 경우 등이 있겠다. 육각수의 『흥보가 기가 막혀』는 1995년 MBC 강변가요제에서 금상을 받은 곡으로, 판소리 『흥보가』에서 가사를 차용해 '판소리 랩'이라는 새 장르를 개척한 것으로 평가받는다.

"얼쑤!"라는 시원한 추임새로 시작하는 이 곡은 그 길로 형에게 그간 쌓인 설움을 우다다 토해 낸다. '형님'이라고 불렀으면 전국 모든 곳이 배경이 되기에 더 폭넓은 공감을 부를 수 있었을지 모르나, '성님'이라는 전라도 사투리가 이 기름진 곡창 지대에서 창고 가득 쌀을 채워 놓고도 동생에게 남보다도 못하게 굴었던 놀부의 심보를 도드라지게 만드는 것 같다. 경상도에서 형을 부르는 호칭인 '햄'을 썼다면 어쩐지 흥부가 형과 대차게 맞서는 캐릭터로 느껴졌을 것 같고, '형아'라고 불렀다면 흥부가 매우 어리게 느껴지거나 혹은 우애 깊었다가 사이가 틀어진 사연이 있는 형제로 보였을 수도 있겠다. 단어 하나 차이로 노래의 분위기가 완전히 달라지는 점이 재밌다.

이 곡은 내 기억 속 최초의 대중가요이기도 한데, 그렇게 인상 깊었던 이유는 박자를 쥐락펴락하는 신나는 리듬 덕분이리라. 속도가 꽤 벅찬데도 모두가 따라 불렀던 걸 보면 우리 몸속 판소리 DNA가 반응했던 게 아닐까 싶다.

어어, 겁나 빨라븐디?

드라마 『응답하라 1994』(tvN) 1회

드라마 『응답하라 1994』는 서울 신촌의 한 하숙집에서 찬란한 시절을 보낸 일곱 대학생의 이야기로, 명문대 앞 하숙집답게 팔도 학생들이 모였다는 콘셉트다. 경남 마산에서 온 집주인 나정이네를 중심으로 전남 순천과 여수, 경남 삼천포(현 사천시), 충북 괴산에서 온 친구들과 서울 토박이가 함께 살았다(강원과 제주가 빠진 게 유감이다). 나는 특히 해태와 윤진이라는 캐릭터 때문에 이 드라마를 무척 좋아하게 되었는데, 둘은 내가 태어나서 본 수많은 영상 가운데서 처음 마주한 '제대로 된 전라도 사투리 구사자'였기 때문이다. 그뿐만이 아니다. 이들은 소위 엘리트였고, 지극히 평범했으며, 새파랗게 젊었다. 지금껏 미디어에서 묘사해 온 전라도 사람과 정반대의 캐릭터였던 것이다. 그동안 나는 조폭이나 양아치, 우악스럽거나 막무가내인 인물에게서만 전라도 사투리를 들을 수 있었다. 그들의 사투리가 정확하기라도 했으면 좋았으련만, 그들은 늘 어색하고 괴상한 사투리를 구사했다. 하지만 해태와 윤진은 달랐다. 해태의 억양은 나와 내 친구들의 말씨를 빼다 박았고, 윤진의 사투리는 우리 할머니 세대의 진하고 걸쭉한 말씨였다. 실제로 해태 역의 손호준 배우는 광주광역시 출신이고, 윤진 역의 도희 배우는 여수시 출신이다. 두 사람 덕분에 더없이 편안하게 드라마 속으로 흠뻑 빠져들 수 있었다.

'응답하라' 시리즈는 신인 배우들의 등용문으로 통했는데, 나는 두 배우를 발견한 제작진과 끝내주는 연기를 펼친 두 배우에게 시청자로서 정말 고마웠다. 누군가에게는 그저 드라마일 뿐일지도 모르지만 사회에서 '마이너리티'의 특징을 하나라도 가진 이라면 나를 대표할 수 있는 이미지에 예민해질 수밖에 없다. 무심결에 보고 듣는 이미지들이 모여 고정관념을 더 공고히 한다는 걸 경험으로 알기 때문이다.

이목구비가 빤듯해도 싱겁게 생긴 사람이
흔히 있는디 그 아짐은 킨이 딱 쪘등가안

조정, 『그라시재라, 서남 전라도 서사시』(이소노미아, 2022)

어른들의 '사람 보는 눈'은 오랜 경험으로 쌓은 데이터에서 나온다. 특히 전라도 어르신들이 건네는 상찬 중에서도 으뜸은 '긴있다'가 아닐까. '긴'이라는 말이 낯설다 보니 예능 프로그램에서 사투리 퀴즈로 많이 나왔는데, 매력 있다, 호감이 간다는 뜻이다. 반대로 '참 긴때가리가 없다'라고 말하면, 욕 하나 없이 듣는 사람에게 상처를 줄 수도 있다. 나는 '기인 있다'라는 말이 줄어서 긴있다가 된 게 아닐까 하고 생각한다. 당길 기枾에 사람 인人자를 써서, 사람을 당기는 구석이 있다는 뜻으로 말이다. 물론 나만의 추측이다.

주는 거 없이 참 긴있는 사람이 있고, 모난 데 없이 멋진 얼굴인데도 마음이 쉽사리 가지 않는 사람도 있다. 이 말이 외모 평가가 아니라는 것쯤은 굳이 설명하지 않아도 알 테다. 내가 긴있다고 생각하는 사람은 구김 없는 사람이다. 중요한 건 그늘이 없는 게 아니라 구김이 없는 점이다. 분명 마냥 밝은 건 아니지만 꼬인 구석 없이 있는 그대로를 잘 받아들이고, 희로애락이 선명하고, 고마움과 미안함을 표현할 줄 알고, 웃는 모습이 해사한 사람. 그런 이를 보면 마음을 빼앗기고 만다. 반대로는 '쌩콩한' 사람, 인사성 없는 사람을 보면 참 긴때가리 없다는 생각을 한다. 우리가 언제 봤다고 잘 모르는 사이에 안 좋은 기운을 굳이 쌓아 가나 싶은 거다.

"하다 도와줘싼게 살째기 나 혼자
할라고 했더니… 일 안 시키고자와.
가실 날이 얼매 안 남았잖애."
"일 안 시킬라고. 젊어서 너모다
고생을 많이 했응께."

기획특집 「고샅길 따라」, 『월간 전라도닷컴』(2021년 7월호)

전남 곡성군의 배두점 할매와 김창술 할배 부부. 할머니는 같이 부지런히 까던 마늘이 자신의 손에서 먼저 떨어지자 할아버지 손에 있는 마늘을 기어이 뺏어 온다. 이들은 벌써 60년 세월을 함께 했다.

'살째기'는 살짝의 방언으로, 내가 고향을 떠나고서도 각별히 아끼며 자주 쓰는 사투리다. 살짝과는 엄연히 다르다. 조금 말장난 같지만 살짝보다 더 살짝이라고 해야 할까. 그렇다고 응큼한 건 절대 아니다. 정말로 무언가를 사아알짝 정리하거나 장난치고선 모르는 척 시치미 뚝 떼고 웃는 모습이 그려지는 단어다. 입에 검지를 가져다 대고 '쉿!' 하며 눈빛을 교환하는 모습도 그려진다.

두 내외의 대화는 짧지만 많은 생각을 하게 한다. 기사에서는 내외가 서로에게 '무장무장 깊어진 측은지심'이 있다고 말하는데, 이 한 줄이 참 좋아서 오래 곱씹었다. 스물두 살에 시집을 왔다는 할머니는 일찍부터 가장 노릇을 해야 했던 남편을 애틋하게 여긴다. 할아버지도 마찬가지다. 지난날 아내가 했던 고생을 모두 기억한다. 그리고 이렇게 말한다. "늙어감서 서로 좋아해야제 어쩌꺼시오." 결혼은 인생의 무덤이라는 둥, 잡혀 산다는 둥 하는 기혼자들의 농담이 여전히 만연한 와중에 이렇게 서로를 소중히 여기는 노부부의 모습은 더없이 귀하게 느껴진다.

내 일이 빨리 끝났다고 자리를 뜨는 게 아니라 상대방이 조금이나마 덜 고생했으면 하는 마음으로 마늘을 내 쪽으로 끌어오는 것. 그런 모습을 당연하게 여기지 않고 계속 좋아하고 아껴 주려 애쓰는 마음. 깊고도 담백한 사랑이다.

하나 여우고 아들 둘.

예능 프로그램 『유 퀴즈 온 더 블럭』(tvN) 12회

예능 프로그램에 전라도에서 떡집을 운영하는 사장님과의 인터뷰가 나온 적 있다. 이때 "자녀 분들은 어떻게 되세요?"라는 진행자의 질문에 사장님이 이렇게 말한다. "하나 여우고 아들 둘." 두 진행자 모두 깜짝 놀라 잠시 말을 잇지 못한다. 사장님이 장가보냈다며 설명을 덧붙이자 그제야 안도한다. '여우다'는 시집·장가를 보내다의 전라도 사투리다. 가까운 사람과 사별했거나 딸을 시집보낸 걸 뜻하는 표준어 '여의다'의 변형으로 보고 있는데, 전라도 사투리가 '의' 발음에 몹시 약해 발음이 편한 '우'로 바뀐 게 아닐까 싶다.

자식의 성별을 구분 않고 '여웠다'고 말하는 반면 표준어 '여의다'는 시집보낸 딸에게만 이 말을 쓰고 아들에게는 쓰지 않는다. 아들은 끼고 살거나 어떻게든 가까이 두고 살지만 딸은 이제 남의 집 식구가 되었으니 여읜 것이나 다름없다고 생각했기 때문일 테지. 흥이다!

어릴 적에 딸은 결혼하면 호적에서 분리된다는(나는 '호적에서 파인다'고 생각한다) 사실에 충격을 받아 결혼 같은 건 하지 않겠다고 결심했던 기억이 떠오른다. 과거의 딸들이 감내해야 했던 생이별과 다름없는 결혼 생활에서 여우다라는 단어가 왔음을 생각하면 참 슬프고 속상한 단어가 아닐 수 없다.

"아버지는 정말 무덤 필요 없어?"
"두말허먼 잔소리! 땅덩어리나 아니나
쥐꼬리만 한 나라서 죽는 놈들 다
매장했다가는 땅이 남아나들 안 헐 것이다.
우리 죽으면 싹 꼬실라부러라."

정지아, 『아버지의 해방일지』(창비, 2022)

화장火葬을 두고 꼬실라 버리라니, 웃으면 안 될 거 같은데 웃음이 터졌다. 자신의 죽음에 대해 이토록 산뜻하고도 단호한 지론을 품은 주인공의 아버지가 존경스러웠다.

　나는 죽고 싶다고 생각해 본 적은 없지만 죽음에 대해, 죽음을 정리하는 방식에 대해서는 자주 생각해 봤다. 내가 별일 없이 남들만큼 오래 살다 죽게 된다면 그땐 더 좋은 매장 방식이 나올 것도 같지만, 일단 지금까지는 수목장이 가장 좋아 보인다. 관에는 들어가기 싫다. 항아리는 더더욱 싫고. 한 줌 재가 된 다음의 일이라지만 벌써부터 답답하다. 그렇다고 자유롭게 뿌려 달라고 하자니 불법이란다. 또 '누가 날 찾아오고 싶어 하면 어떡해, 힝!' 하는 마음도 든다. 그러니 나는 나를 거름 삼아 튼튼하게 자랄 나무 밑에 편히 눕고 싶다. 아직 누군가의 묘가 된 나무를 실제로 본 적이 없어 내 맘대로 상상하자면, 나중에 나의 나무에 찾아오는 사람들이 내가 좋아하던 음악들을 틀 수 있는 음향 기기를 설치하고 싶다. 거기에 내가 평생 들어온 음악들, 나를 설명할 수 있는 음악들과 좋아하던 소리, 일상의 소음 등을 넣고 마지막으로는 내 목소리로 인사말을 남기고 싶다. 인사말은 여러 가지 버전으로 남겨서, 나를 찾아 온 사람들이 울지만 말고 웃으면서 돌아갈 수 있도록 해 주고 싶다. 생전 우리가 대화하던 방식으로 쉬었다 가길 바란다. 가능하면 사진첩도 있으면 좋겠다. 다녀간 사람들이 뭐라도 남길 수 있는 방명록도. 내가 좋아하던 책들도 가져다 둘까? 이쯤 되면 나무를 여러 그루 심어야 하려나?

　'싹 꼬실라부러라'던 어떤 아버지처럼, 사람들이 죽음을 좀 더 산뜻하고 밝게 대할 수 있으면 좋겠다. 피하고 두려워할 게 아니라 삶의 일부로 받아들이고 적극적으로 고민할 수 있었으면.

야 나는 니가 누구 택했는가 혔다.
아 그 아부지의 그 딸래미구만.

외탁과 친탁이라는 말을 들어 본 적 있을 것이다. 외가 쪽을 닮았는지, 친가 쪽을 닮았는지를 이야기하는 것인데, 이 두 단어는 표준어다. 그런데 닮았다를 뜻하는 '탁하다'는 표준어가 아닌 전라도 사투리다. 하여 여기 어르신들은 누굴 닮았다고 말할 때 "○○를 타겠네"라고 한다. [타캤네]가 아니다. 혹은 [태겠네]라고도 한다.

나는 말하자면 아빠를 '타겠다'. 오리배를 타는 엄마 아빠의 젊은 시절 사진을 내 SNS 계정에 올렸더니, 사진을 본 친한 선배가 "정승, 오리배 잘 젓네요"라는 댓글을 달았을 정도다. 첫째 딸은 아빠를 닮는다는 말은 최소한 우리 집에서는 맞는 말이다. '탁하다'가 [택하다]로 발음되는 전라도에서 탁했다는 말을 듣고 있으면 어쩐지 내가 누굴 닮을 것인지 선택이라도 한 것 같은 기분이 든다.

그나저나 한자로 '흐릴 탁'濁을 쓰는 '탁하다'가 어째서 닮았음을 뜻하는 단어가 된 걸까? 흐리게, 묘하게 부모를 닮았다는 뜻일까? 나름대로 궁금증을 풀어 보려 자료를 찾다가 흥미로운 사실을 발견했다. 친탁은 '진탁'으로도 불렸다는 건데, 진탁은 참 진眞 자를 쓴다. 즉 친가 쪽이 더 '진짜 혈통'이라는 뜻을 품은 차별적인 단어였다. 흔하게 쓰이지 않고 언중에게서 잊히며 사라지는 듯하여 다행이다. 또한 '탁하다'가 '타고나다'에서 온 말은 아닌지, 집 택宅 자가 바뀐 건 아닌지 추측하는 자료도 있었다. 이 또한 제법 일리가 있어 고개를 주억거렸다.

나는 또 세상에 노인들을 위한 사전이
있었으면 좋겠다. 어느 날 엄마가
텔레비전에 나오는 단어 중에서 모르는
단어를 죽 적어 보냈다(엄마는 전라도 말만
모으는 게 아니라 모르는 말도 모은다.
엄마가 잊고 싶지 않은 단어의 목록과
엄마가 모르는 단어의 목록이 날마다
늘어난다).

홍한별, 『아무튼, 사전』(위고, 2022)

지금 사는 집으로 독립하기 전에 10년 동안은 큰 아파트에서 집주인 할머니와 같이 살았다. 그 10년간, 할머니의 활동 반경이 점점 좁아진다는 걸 무딘 나도 알아챌 수 있었다. 그 집에 처음 갔을 때 할머니는 엠피스리 플레이어로 종교음악을 들으며 아파트 앞 하천을 너끈히 돌았다. 그러다 아파트 단지 안을 돌게 되었고, 어느 날부터는 마트만 오가다가 그 집을 떠날 즈음엔 마트도 여러 번 쉬면서 다녀오셔야 했다. 성경 쓰기를 즐기셨지만 집중해서 앉는 게 점점 힘들어진 할머니는 자주 텔레비전 앞에 누우셨다. 거실에 있던 텔레비전은 동선을 줄이고자 침실로 옮겨졌고, 그 텔레비전은 이내 손 안의 스마트폰 속 유튜브 화면으로 바뀌었다. 화면을 들여다보는 할머니는 통 웃지 않으셨다.

매일 보는 텔레비전에서 내가 모르는 말이 점점 늘어 가는 당혹감과 쓸쓸함, 함께 웃을 수 없는 소외감은 지금으로선 가늠하기 어렵다. 텔레비전뿐이랴, 우리도 부모님의 질문조차 귀찮아 하지 않는가. 엄마 아빠는 평생에 걸쳐 우리의 모든 질문에 그리 성실히 대답해 주었는데.

저자의 어머니는 잊고 싶지 않은 사투리가 이토록 많다는 뿌듯함과 모르는 단어가 끝없이 늘어나는 혼란을 몇 번씩 오가는 중일 테다. 누군가는 노인도 배워야 한다고, 배우면 된다지만 모두의 사정이 다르며 배우기 어려운 노인들이 많다. 젊은 사람들은 자신이 늙는다는 사실을 완전히 까먹고 사는 것처럼 보인다.

저자가 노인을 위한 사전을 염원한 것처럼 노인을 위한 ○○이 많이 생기면 좋겠다. 노인을 위한 방송, 노인을 위한 티켓, 노인을 위한 배움터, 놀이, 공간…… 그러면 '더불어 사는 세상'이라는 말이 알맹이 없는 외침처럼 들리진 않을 텐데.

광주역사민속박물관과 전라도닷컴이
항꾸네 여는 제10회 아름다운 전라도말
자랑대회 말자랑꾼을 찾습니다.

2022년 제10회 '아름다운 전라도말 자랑대회' 홍보문구 전라도닷컴 홈페이지를 구경하다가 깜짝 놀랐다. '아름다운 전라도말 자랑대회'가 2022년에 10회를 맞이한 것이다. 전라도 사투리 경연대회가 있었다는 건 알았는데, 여전히 하고 있는 줄은 몰랐다. 2022년에는 마당극 배우 지정남 씨가 사회를 보았고, 장소는 광주비엔날레 전시관의 '거시기홀'이었다. 거시기홀이라니! 부대 행사의 소개말도 놓칠 수 없었다. "전라도말 알아맞히기, 특별 공연 등 즐길 거리와 푸짐한 선물로 '오진 꼴' 보셔요."

푸하하. 정말 얼마나 박장대소하는 풍경일지 단어 하나만으로도 단박에 알 수 있었다.

홈페이지에는 몇 년 전 본선 참가자 명단도 있었다. 서울 강북구부터 전남 완도군까지, 전국 팔도에서 전라도 사투리를 구사하는 이들이 날을 잡아 모여든 모양이다. 참가 작품명 또한 호기심을 자아냈다. '서울살이 여간 팍팍하제' '시방이라도 뫼뚱(묘)에 가서 물어보고 잡소' '전라도 아그들은 어디다 띵겨불어도(떨어뜨려 놓아도) 잘살 것이여' 등. 제목을 읽었을 뿐인데도 입으로는 웃고 눈으로는 우는 표정이 지어졌다. 고향이 아닌 곳에서 고향 말을 떠올리며 대회를 준비했을 사람들이 눈앞에 그려졌다. 대회 개최 소식을 듣고는 모처럼 고향에 들러 오랜 친구도 만나고, 옛집도 가 보고, 맛난 것도 묵어야제 하면서 광주에 도착했으리라. 그렇게 신명나게 맛깔난 사투리를 쏟아 내고선 다시 각자의 터전으로 흩어졌겠지. 가까이서 열리는 행사를 여지껏 모르고 지낸 게 무척 아쉽다. 올해도 분명 열리겠지? 이번엔 날짜를 꼭 맞춰서 가족들과 '항꾸네'(함께) 가서 광대가 아플 때까지 웃다가 돌아와야겠다.

이것이 사는 것인가
무담시 눈물이 나와
왜 그란가 몰라

위금남, 「왜 그란가 몰라」, 『할매들은 시방』

(정한책방, 2020)

내 오랜 집주인 할머니는 건강이 점점 나빠져 아들네 집과 살림을 합치는 걸 두고 깊이 고민하셨다. 나는 할머니가 되면 당연히 자식 곁에 가까이 있고 싶어 할 줄 알았는데, 웬걸 전혀 아니었다. 할머니는 당신이 밥을 해 먹을 수 있을 때까지는 혼자 지내고 싶다고 하셨다. 자식과 사이가 좋고 자식에게 고마워하는 마음과는 별개였다. 그때 제대로 알았다. 인간은 할 수 있는 한 끝까지 스스로 해내고 싶어 하는 존재라는 걸.

노인이 된다고 해서 있던 취향이 갑자기 사라지는 것도 아니고, 노련한 나이라고 해서 외로움이 가시는 것도 아닌데 우리는 노인의 삶이 단출해진 만큼 생각도 단순해진다고 여기는 듯하다. 삼시 세끼 밥 잘 먹고 조금 걸을 수 있으면, 노인의 삶은 이만하면 좋다고 생각해 버리곤 한다.

'무담시'는 아무 이유 없이, 공연히라는 뜻의 전라도 사투리다. 이 시처럼 어두운 방안에서 무담시 눈물을 흘리는 어느 할머니의 모습을 떠올려 본다. 잔뜩 젖은 눈가를 바라보노라면 뭐 땀시 그러느냐고 보챌 수도 없다. 주름이 깊어지면 주름 사이로 눈물이 흩어져 턱 끝까지 흐르지 않는다. 나는 그걸 우리 외할머니가 울 때 처음 알았다.

강원도에 가면 쉽게 먹을 수 있는
곤드레밥을 고려엉겅퀴밥이라고
부를 수 없듯이, 곤반불레된장국을
별꽃된장국이라고 고쳐 말할 수는 없다.

황현산, 『사소한 부탁』(난다, 2018)

'곤드레'의 표준어는 '고려엉겅퀴'이고 '곤반불레'의 표준어는 '별꽃'이다. 평생 언어를 다뤄 온 번역가이자 문학평론가 황현산 선생은 방언을 표준어라는 틀에 무조건 욱여넣을 게 아니라 공공의 언어가 부지런을 떨어서 곤드레밥과 곤반불레된장국 옆에 표준어로 된 뜻을 달아 주면 될 일이라고 말했다.

예전에 봤던 글 하나가 생각난다. 뉴스였지 싶은데 우리나라에 들어온 외국 음식에 관한 이야기였다. 미국, 프랑스 등 소위 선진국으로 불리는 나라의 메뉴는 거기서 쓰이는 말 그대로 들여오는데, 베트남, 필리핀 등 으레 우리보다 못 산다고 여기는 나라의 음식은 우리나라 말로 바꿔서 들여온다는 거였다. 선진국의 어려운 메뉴는 잘도 따라 읊으면서 포pho는 쌀국수로 바꿔 들여오는 식이다. 깜짝 놀랐다. 그런 지적을 듣지 않았으면 평생 몰랐을 것이다. 내가 유럽에 갔을 때도 그랬었다. 일본 메뉴나 야채는 일본 발음 그대로 영문으로 쓰였는데, 한국 메뉴는 이름이 바뀌어 있거나 일본 음식이라며 팔고 있었다. 벌써 10여 년 전 일이니 그동안 바뀐 우리나라의 위상을 생각하면 이제는 좀 다를까 싶다가도, 그렇다 한들 각 나라에 위계를 정해 그에 맞게 태도를 바꾼다는 측면에서는 똑같은 일이 아닌가 생각하게 된다. 이에 불쾌해하면서 우리도 똑같은 행동을 하고 있었다.

그렇다고 이제부터 모든 메뉴를 원어를 존중하여 바꾸자는 것도, 모든 메뉴를 한국식으로 바꿔 부르자는 것도 아니다. 다만 그렇게 들여올 때 누구도 이상하게 여기지 않고, 그렇게 정착되기까지 아무도 의심하지 않았던 순간들을 다시 한번 생각해 보면 좋겠다. 언어를 안일하게 사용하다 보면 은연중에 묻어나는 차별에 무뎌지곤 하니까.

피다가 만 흥수네 하지감자꽃 닷새

김용택, 「어머니도 집에 안 계시는데」,

『나비가 숨은 어린 나무』(문학과지성사, 2021)

경상남도 진주시가 고향인 엄마는 전라남도 구례군 출신 시골 총각인 아빠와 결혼했다. 식당을 하던 큰외숙모가 단골이던 아빠를 소개한 것인데, 엄마는 아빠의 키 빼고 다 마음에 들었다고 했다. 특히 두툼한 손이 참 듬직했다고. 결혼해 전라남도로 이사와서 엄마가 들었던 가장 황당한 단어는 그 무엇도 아닌 '하지감자'였다고 한다. 지금은 전라도에서도 감자는 감자, 고구마는 고구마라고 부르지만, 예전에는 고구마를 감자라고 불렀으며 여름에 나는 감자, 즉 우리가 아는 진짜 감자를 부를 땐 '하지夏至감자'라는 단어를 썼단다. 남쪽에서 온 고구마(당시 감자)와 구별하고자 '북감자'라고 부르기도 했다고. 고구마를 좋아하는 엄마는 고구마를 왜 감자라고 부르는 건지 의아했다고 한다.

그래서 고구마를 먹을 때면 꼭 엄마가 떠오른다. 따끈한 고구마 껍질을 슥슥 벗기며 스물다섯의 젊은 미경을 떠올린다. 지금의 나보다도 훨씬 어린 엄마는 아빠를 따라 가 본 적도 없는 전라도에 뿌리내리고 살았다. 보이지 않는 뒤통수까지 완벽히 드라이할 줄 알던 엄마는 회사도 그만두고 친구도, 엄마의 엄마도 없는 곳에서 말도 안 통하는 애기들을 키우느라 마음고생이 이만저만이 아니었을 테다. 엄마에게 나랑 동생을 도대체 어떻게 키웠느냐고 물으면 살풋 웃으며 이렇게 말한다. "어휴, 그니까~ 그땐 시간이 어떻게 가는지도 모르고 지냈네, 정말. 그래도 그때만의 기쁨이 있었어." 엄마의 대답을 듣는 나는 남몰래 고구마를 잔뜩 삼킨 듯 목이 멘다. 물을 찾으려다가도 이어지는 엄마의 웃음 덕에 어떻게든 꿀떡 삼킨다.

노랠 들어도 흥얼대지도 모대.

예능 프로그램 『아는 형님』(JTBC) 157회

스무 살 때 처음 알았다. 에픽하이는 [에피카이]라고 발음한다는 걸. 내 중학생 시절부터의 추억 구석구석에 자리한 아티스트인데. 친구와 노래방에서 그들의 노래를 부르다 생각지도 못한 데서 내가 잘못 발음하고 있었음을 깨달았다.

"에피가이 컴온!"

"뭐라고?"

내가 이렇게 발음하고 있다는 걸 전혀 인지하지 못했기에, 친구가 지적을 해 주었을 때 둘이서 숨 넘어가도록 웃었다. 10대의 나는 입학식을 [이박식]이라고 하고 축협을 [추겹]이라고 말하는 고향 어르신들의 발음을 귀담아들은 뒤 집에 와서 엄마한테 흉[숭]을 봤다. "워매 추겹이 뭐여 추겹이" 하면서. 사돈 남말 했던 것이다.

'ㄱ'과 'ㅎ'이 만나 'ㅋ'이 되는 거센소리(격음화) 현상이 없는 것이 전라도 사투리의 한 특징이다. 'ㅎ'이 아예 탈락되어 'ㄱ'이 그대로 넘어간다. '담백하다'는 [담배카다]가 아닌 [담배가다], '뻑뻑하다'는 [뻑뻐카다]가 아닌 [뻑뻐가다], '육학년'은 [유칵년]이 아닌 [유강년]이라고 발음하는 게 자연스럽다. 이 또한 세대가 내려오면서 발음도 조금씩 옅어지는 듯하지만, 타지에서 이렇게 발음하는 사람을 볼 때면 "워매 워매" 하며 악수라도 청하고 싶다. 무엇보다 분명한 동향의 시그널이기에.

대구와 광주를 잇는 고속도로가 하나 있다.
1988년 올림픽을 기념하여 동서 화합과
민족 번영을 위해 건설되었다고 알려졌다.

서효인, 「올림픽고속도로」, 『여수』(문학과지성사, 2017)

국내 여행을 좀 다녀 본 이들은 알 것이다. 광주에서 부산으로 가는 기차가 한 대도 없다는 걸. 광주에서 부산에 가려거든 KTX를 타고 천안오송역까지 가서 부산역 가는 KTX를 다시 타야 한다. 아, 기차가 있긴 있다. 하루에 딱 한 번, 광주송정역에서 부전역까지 다섯 시간 삼십 분이 걸리는 무궁화호. 이게 아니라면 네 시간이 넘게 걸리는 고속버스를 타든지, 충청도를 찍고 가든지, 직접 운전해서 가야 한다. 전라도에서 가장 큰 광역시에서 경상도에서 가장 큰 광역시로 가는 게 이렇게 힘들다니.

알고는 있었다. 스무 살이던 2010년 여름에 친구와 여행을 갔다가 부산에서 집으로 돌아올 때도 똑같았으니까. 그로부터 14년이 지났는데도 아직 그대로라니. 부산에 한번 가 볼까 싶어 교통편을 검색했다가 과거로 타임슬립이라도 한 기분이었다.

부산 출신 친구 몇몇에게 물어보니 광주가 궁금했으나 가는 편이 마땅치 않아서 가 본 적 없다고 했다. 광주 친구들도 마찬가지다. 부산에 가려면 서울 가는 것 이상으로 마음을 크게 먹어야 한다. 서로의 지역이 궁금해서 가 보고 싶어도 못 가는 이 상황이 말이 되는가? 서울에서 천안까지는 지하철로도 가는 마당에! 장담컨대 광주와 부산을 연결하는 KTX가 생기면 내수 경제 및 지역 교류 활성화에 어마어마한 보탬이 될 것이다. 전라도와 경상도를 가로지르는 게 화개장터뿐이어선 안 된다. 빠르고 편한 교통수단이 절실하다.

"그리고 순창이 아니라 순천이라고
내가 몇 번 말했다이."
"알았어, 새끼야. 순천이나 순창이나.
나한테는 다 전라도는 광주고
경상도는 부산이야."
"염병 그라믄 느그는 용산이나 일산이나
같냐? 신천이나 신촌이나 같냐고. 그리고
순천은 전남서 광주 다음으로 큰 도시여.
전남서 두 번째로 큰 도시라고."

드라마 『응답하라 1994』(tvN) 3회

아직 친해지기 전 사람들이 고향을 물으면 광주라고 말하곤 했다. 광주 옆 화순을 설명하는 게 번잡스러웠기 때문이다. 고인돌부터 이용대 선수 이야기까지 늘어놓고 나면 "오, 거기 할머니 계시는데!"라는 말 정도를 몇 번 들을 수 있었다. 부끄러웠느냐 하면 그런 건 아니지만 세련돼 보이고 싶은 마음도 있었음을 부정할 순 없겠다. 어쨌든, 그렇게 말하고 나면 반드시 돌아오는 질문이 있다. "전라도 광주?"

광주를 광주광역시라고 부르는 사람은 매우 드물게만 만날 수 있다. 경기도에 같은 이름의 광주시가 있다지만, 경기도 광주시와 광주광역시는 규모와 인지도의 차이가 너무 크다. 그럼에도 사람들은 경기도 광주를 광주라 부르고 광주광역시는 '전라도 광주'라고 부른다. 경상도 부산, 충청도 대전이라는 말은 쓰지 않으면서 말이다. 광역시는 도와 별개의 자치단체이니 엄밀히 따지면 틀린 말이다.

이는 서울 중심의 사고방식이 보편적이어서 그럴 테다. 서울을 기준으로 '상경하다', '지방으로 내려가다'라고 하듯이, 경기도 광주시가 서울과 더 가까우니 그렇게 말하는 것이겠다 싶다. 모르면 함께 알아 가면 된다. 다만 '전라도 광주'를 광주광역시라고 정정하는 사람들더러 예민하다고는 말하지 않았으면 한다. 틀린 정보를 바로잡을 뿐이니까. 용산과 일산이 같지 않고 잠실과 잠실새내와 잠실나루가 다 다르듯이 말이다.

"그럼 느그 엄니가 국극 허시믄 되것다!"
"느작 없는 소리헌다!
울 엄니가 국극단은 사탄소굴이라드라."

서이레 글·나몬 그림, 『정년이』 1화 (네이버웹툰)

대학교 3학년 전공 수업 때 일이다. 한글맞춤법 강의, 아니면 국어문법론 강의였을 것이다. 표준어와 방언을 배우다 '느자구 없다'라는 예문이 나왔다. 교수님은 "이 말 뜻 아는 사람?" 하며 강의실을 쳐다보았고, 아무도 손을 들지 않는 와중에 나 혼자 손을 들었다. "싸가지 없다는 뜻이요……" 어떻게 아느냐는 질문에 나는 30여 명이 모인 강의실에서 내 고향을 소개해야 했다. 전공서에는 표준어와 방언을 자유자재로 쓸 수 있는 사람을 '이중화자'라 부른다고 적혀 있었다. 한 번도 되어 본 적 없는 '바이링구얼'이 되었다는 생각에 강의실을 나서는 내 어깨가 조금 올라갔던 것도 같다.

'느자구 없다'는 황당한 일을 마주했을 때나 어이없는 사람을 지칭할 때, 속되게는 싹수가 노란 사람을 지칭할 때 쓰는 말이다. 10대 청소년이 속한 학교라는 작은 사회에는 황당하고 어이없고 싹수가 노란 일들이 자주 발생했기에 내가 무엇보다 많이 쓴 말 중 하나였다. "오메, 뭔 그런 느자구 없는 일이 다 있대?" "느자구 없이 굴지 말아야." 여기서 더 화가 났거나 강하게 이야기하고 싶을 땐 '느작머리 없다'로 변형할 수 있었다. 뭐랄까, '싹수'가 '싹퉁머리'로 한 단계 업그레이드되는 것과 비슷하다.

느자구란 항문 주름을 뜻하니, 느자구가 없다고 하면 '항문 주름이 없다', 즉 항문이 제 기능을 못한다는 뜻이다. 사투리를 보면 어마무시한 욕을 아무렇지 않게 하는 단어들이 제법 많다. 아마 말로는 다 못할 생의 고락을 타인과 진하게 나누는 데서 비롯되었으리라. 다만 이제는 시대가 변화한 만큼 말하기 전에 한 번 더 생각해 볼 일이다.

"쪼까 어처구니가 없네."

시사/교양 프로그램 『인간극장』(KBS) 5808회

「별난 여자, 김선」편

한동안 인터넷에서 전복 모양 선글라스가 유행한 적 있다. 인플루언서 김선의 작품이었는데, 진복뿐만 아니라 온갖 과일과 야채로 기발한 창작물을 내놓았다. 내 부모님 연배의 김선 씨가 SNS에 게시글을 올리면 젊은이들이 댓글을 단다. "김선 감성 모르면 나가라"고. 처음엔 그저 특이하다 싶었는데, 과일을 기발하게 엮고 야채를 썰어 머리에 이고 지는 모습을 보며 이게 예술이 아니면 뭔가 하는 생각이 들었다. 무엇보다 말씨가 너무도 고향 말씨라 반가웠는데, 어느 날 게시된 사진을 보니 몹시 낯익은 마트로 김선 씨가 걸어 들어가는 게 아닌가. 맙소사, 무려 동네 사람이었던 것이다. 화순에서 이런 스타가 또 탄생하다니!

무척 고단한 10대 시절을 보내고 일찍 결혼한 김선 씨는 지금은 낮에는 소를 키우고 밤에는 SNS에서 팬들과 소통하며 지낸다. 여기까지는 평범하게 느껴질 수 있지만, 가족의 지지가 남달랐다. 그의 남편은 아내가 이끼를 따다 달라고 하면 구시렁거리면서도 이끼를 한 바가지 따다 주고, 우엉으로 만든 뿔을 볼 땐 "쪼까 어처구니가 없네"라고 말하면서도 눈은 휘어지도록 웃는다. 아내의 감성에 점점 스며드는 것 같다며 순순히 인정한다. 딸과 두 아들도 마찬가지다. 엄마가 악성 댓글에 상처받을까 걱정되지만 엄마를 응원한다고 입을 모았다.

우리 엄마가 어느 날 갑자기 SNS로 사람들과 소통을 하겠다고 하면 과연 나는 어떤 반응을 보일까? 나는 엄마가 상처받을까봐 끝내 반대했을 테다. 엄마한테 그게 어떤 의미인지도 모르는 채, 엄마가 얼마나 유연하고 강한 사람인지 알아보려 하지도 않은 채로 말이다. 사랑이라는 이름으로 누군가의 꿈을 불현듯 막고 싶어질 땐 김선 씨의 가족을 떠올려야지. 가장 사랑하는 사람이 하고 싶어 하는 걸 막는 대신 쪼까 도움을 줘야지.

떠나갈 바엔 사랑한다고
뭐 땀세 그랬당가요

문희옥 노래, 『천방지축』

1987년에 발표된 『사투리 디스코』라는 앨범이 있다. 저마다의 지역 사투리로 진하게 불린 수록곡 가운데 타이틀곡 『천방지축』은 전라도 사투리로 떠난 사랑을 슬퍼하는 노래다. '뽕끼' 가득한 도입부를 지나면 당시 고등학생이었던 가수 문희옥이 앳된 목소리로 원망을 토로한다. "워째 그라요, 아 워째 그라요. 시방 날 울려 놓고. 떠나갈 바엔 사랑한다고 뭐 땀세 그랬당가요."

그다음에는 어찌하지 못하는 마음을 닮은 가사가 속사포 랩처럼 쏟아진다. "통발에 미꾸라지 빠지듯이 요리조리 요리조리 천방지축." 이 대목은 앞 가사와 이어 읽으면 미꾸라지처럼 빠져나간 사랑을 이야기하는 것 같고, 뒤 가사와 이어 읽으면 이토록 미꾸라지같이 천방지축이었던 내가 세월을 초월해 당신을 사랑했다는 순애보로 읽힌다. 어느 쪽으로 읽어도 남겨진 사람의 슬픔이 느껴진다. 슬픈 가사를 더 구슬픈 가락에 얹는 것도 좋지만, 슬픈 가사를 경쾌한 멜로디 위에 얹을 때 나오는 애수가 있다. "가사가 웃겨블구만" 하면서 듣다가도 참말로 야속하다는 대목에서는 어쩐지 코끝이 시큰해지는 것이다.

'뭐 땀세, 뭐 땜시'는 '뭐 때문에, 어째서'라는 뜻이다. 보통은 뭐를 길게 빼거나 혹은 뭐에 악센트를 주어 "뭐- 땜시 그냐아?"라거나 "뭣 땜시 그냐아?"라고 하는데 상대방이 이해 안 가는 행동을 하거나 답답할 때, 상황을 파악해야 할 때 주로 쓴다. 『천방지축』의 주인공도 야속하게 떠나 버린 상대방이 이해가 안 됐겠지. 돌아오는 답은 없어도 뭐라도 힘껏 외치고 싶었으리라. 떼쓰듯 설득하는 듯, 애원하는 듯 화내는 듯한 노래를 듣고 있으면 떠난 님이 같이 얄미워진다. 그리고 이렇게 위로를 해 주고 싶은 마음이 목 끝까지 차오르는 것이다. "뭐 땀시 저런 놈한테 목을 매고 자빠졌냐, 확 버려브러!"

우덜이 편지를 주고받은 지도 벌써
삼 년이 다 되어가는디
여적지 마음 편히 못 만난다는 생각에
인자는 제 가슴이 참말로 터쳐버릴 거
같어라우.

영화 『위험한 상견례』(2011)

1987년, 현준과 다홍은 위험한 사랑을 하고 있다. 나이도, 국적도 아닌 고향 때문이다. 전라도 남자 현준과 경상도 여자 다홍은 '배우자는 서로의 고향만 아니면 된다'는 집안에서 나고 자랐다. 펜팔로 사랑을 키운 이들은 결혼 허락을 받기 위한 여정을 시작한다.

이 영화가 만들어진 2011년 당시엔 그저 그런 결혼 코미디라고 생각했다. 그런데 10년이 훌쩍 지나 다시 보니 제법 괜찮은 영화가 아닌가! 영화는 클리셰와 스테레오타입으로 가득하지만, 무척 진보적이고 사랑스럽다.

지역 갈등에 대한 이야기는 또 어떻고. 주인공 현준과 다홍의 부친들은 고교 야구 선수 시절 맞붙은 경기에서 서로를 다치게 해 선수 생활이 끝나 버렸는데, 이 앙금을 제대로 풀지 못해 서로의 고향 사람이라면 치를 떠는 사람으로 요란하게 나이 든 모습을 보여 준다. 영화는 개인 간의 갈등을 일반화하고 그 편견을 자식에게 강요하는 일이 얼마나 우스꽝스럽고 폭력적인 일인지를 유쾌하고도 묵직하게 풀어낸다.

나는 현준과 다홍을 보면서 우리 부모님을 떠올렸다. 엄마는 경남 진주, 아빠는 전남 순천 사람이다. 그 둘이 만나는 데엔 아무 제약도 양가의 반대도 없었고 심지어 본인들도 이상하게 여긴 적 없으나 내 부모님 고향이 이렇다고 말하면 남들이 더 신기해 했다. 그제야 이 결합이 드물다는 걸 알았다. 요즘은 고향을 가지고 반대하는 집안이 거의 없는 듯하지만, 그렇다고 아주 없다고는 할 순 없으리라. 이제 겨우 한 세대를 건너왔을 뿐이니까. 다시 30년이 흐르면, 그땐 그랬대! 라면서 아주 깜짝 놀랄 만한 일이 되었으면 하는데.

"진짜 맘먹고 모태야겠다 하고는
어디 돌아다니면서 뭐 눈에는 뭔 배께
안 보인다는 식으로 다른 쓰레기장이며
어디 뭐한거 있잖습니까,
버려 버리는 거 있잖아요.
그런 거 주워다가 모으기 시작한 기라요."

시사/교양 프로그램 『브라보 멋진 인생』 (여수MBC) 24회

우연히 전라남도 강진군 '와보랑께 박물관' 관장 김성우 씨의 인터뷰를 보았다. 강진과는 인연이 없어 잘 몰랐는데, 이 박물관은 이미 아는 사람들은 알고 있어서 관광객들의 발길이 꾸준히 이어지는 곳이란다. 관장님이 이런저런 수집품을 딱 200점 모았을 때 창고를 박물관으로 개관한 것인데, 지금은 소장품이 4000점도 넘는 어엿한 사립 박물관이다.

관장님이 모은 건 물건만이 아니었다. 수집품 가운데는 사투리도 있었다! 직장 다니던 시절에 사투리를 '오지게' 쓰던 동료에게서 영감을 받아 '아, 나도 전에 썼던 말인데 지금은 많이 안 쓰네' 하고 사투리 전용 노트를 하나 만들어 써 내려가셨단다. 그렇게 살뜰히 모은 사투리들은 전시품 사이사이 흰 벽면에 붙어 있기도 하고, 관장님이 오래 그려 온 추상화가 쏘옥 품고 있기도 했다. 물건과 말을 모으는 데엔 관장님만의 분명한 이유가 있었다. 관장님은 눈이 휘어지게 웃으며 이렇게 말했다. "거기엔 사람들이 살아 온 삶과 정취가 깃들어 있거든요."

관장님은 사투리를 쓰는 일에 대해 별스럽게 대단한 긍지를 가질 것도 아니지만, 그렇다고 부끄러워할 일은 더더욱 아니라고 하셨다. 그저 전라도 사람이 전라도 말을 쓰는 건 당연하다고, 다만 우리네 삶이 녹아 있는 말이 잊히는 게 아쉬우니 지자체에서 지속적인 관심을 가져 주면 좋겠다고 당부한다. 시간의 흐름과 망각에 맞서 소중한 말을 그러모으는 와보랑께 박물관 관장님의 삶에서 우직한 큰 사랑을 배운다.

"왐마 여기가 서울이여?"

예능 프로그램 『세바퀴』(MBC) 25회

내 고향이 서울이 아닌 걸 아는 사람들은 때때로 물어본다. 고향에 돌아가고 싶은 생각이 있냐고. 결론부터 말하면 지금의 나는 '아니오'다. "어떻게 온 서울인데!"라는 말도 덧붙인다. 서울행을 대단히 원한 적 없는 학생이었음에도 서울에 나름대로 잘 녹아 들었고, 정도 많이 붙였다.

귀향에 대한 답은 친구들 사이에서도 분분하다. 고향 친구가 열 명 있다고 치자. 여기서 세 명은 반드시 서울에 있고 싶어 하고, 나머지 셋은 서울의 어마어마한 속도와 복잡함을 힘들어하면서도 일단 버틴다. 나머지 셋은 고향에 돌아가고 싶어 하거나 실제로 돌아가고, 마지막 한 명은 아주 멀리 떠난다. 미국이든, 중국이든, 그 어디로든.

스무 살부터 줄곧 서울에 살면서 느낀 건 서울이 젊을 때 살기 좋은 도시라는 거다. 스무 살 그해에 나는 지금까지 내가 누려온 인프라는 아무것도 아니었다는 걸 매 순간 깨닫느라 바빴다. 아빠가 크게 한번 아프고 나서는 서울에 무조건 가족 한 명은 있어야겠다고 생각, 아니 다짐했다. 아무에게도 말한 적 없지만 지금 집도 회사와의 거리보다는 아빠가 다니던 대학병원까지 얼마나 걸리는지를 계산하고 옮긴 것이다.

그럼에도 여차하면 돌아갈 수 있는 집 하나가 더 있다는 건 가슴에 '스페어 카드'를 한 장 가진 것과 다름없다. 부모님이 계시는, 나를 키운 동네. 내가 잘 아는 동네. 거기서 나는 온전히 받아들여지고, 나를 증명하지 않아도 괜찮을 것만 같다. 그런 믿음이 역으로 서울에서 발 딛고 살 힘이 되어 준다.

변소에서도 노래를 부른께 동네 어른들이
저놈 쫓아내삐리라고, 저놈 미친놈이라고,
똥판에서 노래 부른다고 지청구 마이
들었제. 상놈이라고 그 소리 마이 들었어.

김준수, 『이제 가면 언제 오나』(알마, 2012)

전라남도 강진의 상엿소리꾼 오충웅 옹은 가수를 꿈꿨으나 시대가 도와주지 않았다. 그는 일본에서 어린 시절을 보내다 광복을 맞이해 고향으로 돌아왔으나 일본에서 모은 재산을 들고 올 수 없어 몹시 곤궁하게 자랐다. 10대 땐 서울에 있는 악극단에 가려고 가출을 감행했지만 생각처럼 풀리지 않았고, 약장수를 따라다니며 소리를 하다가 마흔이 되던 해에 운명처럼 상엿소리를 시작하게 되었다. 어느새 그는 동네에서 누가 돌아가셨다 하면 가장 먼저 찾는 사람이 되었고, 예를 갖춰 망자를 배웅하고 남은 이들의 슬픔을 달래는 이로 평생을 살게 된다.

상엿소리는 원래 무당이 하던 일이라 무척 업신여김을 받았다고 한다. 그럼에도 그는 늘 윤나는 흰색 구두를 단정히 신고서 장지葬地를 향해 걷는다. 망자의 약력에 맞춰 상엿소리의 분위기를 정하고, 후렴구를 그때그때 바꿔 가며 망자의 극락왕생을 빌고 산 자의 마음을 토닥인다. 나는 그를 보면서 한국인의 정서인 '한'이 사람이라면 이런 모습이지 않을까 생각했다. 번번이 어긋나는 기회 앞에서 통렬히 좌절하고 방황했지만 가락 속에 살면서 그 많은 한들을 곡조에 태워 흘려 보냈다. 자신만을 위한 노래가 아닌 온 세상 사람들을 보듬는 노래를 하면서 말이다.

요즘 장례 문화는 이전에 비해 획기적으로 간소화되었다. 경황이 없을 때니 이 효율성이 다행이다 싶으면서도 마음껏 애도할 수 있는 충분한 과정인지는 잘 모르겠다. 상엿소리 같은 긴 노랫가락에 망자의 가는 길을 잘 배웅하고, 슬픔을 흘려보낼 넉넉한 시간이 주어지면 좋으련만.

대부분이 노인들이라 그런지 승객들
또한 이런 느린 행동에 누구도 뭐라는
사람이 없다. 오히려, 천천히 하시오,
천천히. 싸목싸목, 천천히.

공선옥,『춥고 더운 우리집』(한겨레출판, 2021)

얼마 전 우체국에 갔을 때의 일이다. 할머니 한 분이 김치를 부치러 장바구니 가득 이고 지고 오셨다. 나도 잘 몰랐는데, 김치는 터질 위험이 있어서 스티로폼 박스 포장이 아니면 배송이 안 되는 품목이란다. 작년에는 다른 직원의 도움을 받으셨던 건지, 할머니는 작년엔 이렇게도 잘 보냈기 때문에 똑같이 포장해 온 거라고 하셨다. 할머니가 막무가내로 고집을 피우신 것도 아니고, 그저 주섬주섬 김치를 꺼냈을 뿐인데 저 안쪽 중년 직원이 코를 감싸 쥐고 신경질을 부리기 시작했다. 자리에서 일어나 할머니가 계신 자리까지 잠깐 걸어오는 동안 "아니, 이게 무슨 냄새야?"라는 말을 몇 번이고 반복했다. 내가 다 민망하고 서글펐다. 그는 김치 같은 건 한 번도 먹어 본 적 없다는 듯, 이런 노인은 난생처음이라는 듯, 무엇보다 자신은 영영 늙지 않을 것처럼 굴었다. 할머니의 김치를 정리하는 직원의 손은 빨랐지만 거칠었고, 끝없이 퉁박을 놓았다.

본가에 가면 아무래도 시골 동네라 버스에 오르는 승객 대부분이 노인이다. 버스 기사는 모 아니면 도다. 앞선 직원 같거나 싸목싸목의 정신을 알거나. 싸목싸목은 전라도 사투리 가운데 내가 각별히 아끼는 단어다. 느릿하면서도 사뿐히 행동하는 모습이 눈에 그려지기 때문이다.

어르신들이 버스에 타면 신경 쓰이는 구석도 많고, 자칫 시간이 지체되면 버스 배차 간격에 영향을 미칠 수 있다는 것도 모르는 바 아니다. 그치만, 그래도. 일상 곳곳에서 사람들이 조금만 더 싸목싸목의 정신을 발휘하면 좋겠다. 조급해하고 신경질부린다고 해서 어르신들이 갑자기 손을 재게 놀려 스티로폼 박스에 딱딱 김치를 포장하거나 젊은이들처럼 버스에서 껑충 뛰어내릴 순 없는 노릇이니 말이다.

지금 대한민국 구급차가 꺼꿀로 갔어요.
소위 전라도 말로 창시가 썩어 부러요.

예능 프로그램 『대화의 희열』(KBS2) 4회

정치인 인요한의 다른 이름은 존 린튼. 4대째 이어진 그와 한국의 인연은 단순히 인연이라는 단어로 정의하기 어려울 정도다. 할아버지의 장인어른인 유진 벨부터 할아버지, 아버지, 인요한 본인까지 인가네 사람들은 세대마다 한국의 격랑 속에서 갖가지 일을 해 왔다. 그중에서도 인요한은 한국형 앰뷸런스를 만들어 최초로 보급한 의사다. 선교사였던 아버지가 허망하게 교통사고를 당한 사건이 계기가 됐다. 그의 아버지는 음주운전을 하던 관광버스에 치여 택시를 타고 큰 병원으로 가다가 길에서 돌아가셨다. 당시는 앰뷸런스가 서울에만 몇 대 있을 때였다. 아까운 목숨을 길 위에서 많이 잃던 시절이었다. 그로부터 10여 년이 지난 1993년, 요한은 아버지의 친구들이 미국에서 보내 온 조의금을 모두 털어 순천에서 15인승 승합차를 개조했다. 그것이 한국형 앰뷸런스의 시작이었다. 그는 병원 이송 전 응급 처치라는 개념을 널리 알리고 구급차 보급에 힘을 써서 국내 의료 체계를 완전히 바꾸었다.

그랬던 그가 2018년 한 예능프로그램에 나와 '창시가 썩는다'고 말했다. 이 말은 깝깝해서 미치겠다는 뜻이다. 창시는 창자인데, 보통은 '속창시 없는 놈'이라고 해서 생각이 없는 이에게 지청구할 때 쓰는 말이다. 왜 이런 말을 했을꼬 하니 현재 12인승 구급차는 누운 사람 머리 위로 공간이 나오질 않아 처치가 어렵다고 한다. 구급차 구조가 퇴행한 현실을 속상해한 것이다. 그러고는 "누워서 침 좀 뱉어야 해요"라며 의사가 적극 제도에 관여하고 감독해야 한다고 주장했다. 진한 사투리에 담긴 걱정 어린 진심이 읽혔다.

"어떤 사람은 완전히 이렇게 걸럭지가
돼 갖고, 정말로 걸럭지예요.
다리 따로, 키 따로, 뭐 따로, 그것을
모으는데 정말 분하죠."

이정우·광주전남여성단체연합 기획

『광주, 여성』(후마니타스, 2012)

사 놓고 안 읽은 책들로 쌓아 올린 책 탑을 오랜 시간 맨 밑에서 받치던 『광주, 여성』을 드디어 꺼냈다. 늘 마음 쓰이면서도 펼치기 어려웠던 이 책은 5·18광주민주화운동 관련 기록들이 당사자, 남성, 도청에서의 항거에 집중되어 있음을 깨닫고 당시 함께했던 여성들의 이야기를 모은 구술집이다. 책 속 여성들은 1980년 5월 당시 나이도, 직업도, 항쟁에 관여한 정도도 제각각이다. 그러니 그날만 쏙 빼내어 이야기할 수가 없고, 한 명 한 명 고유한 삶을 들여다볼 수밖에 없다. 한국 근현대사를 온몸으로 통과하며 저마다의 삶을 살던 이들은 1980년 5월에 같은 하늘 아래 있었고, 그날을 기점으로 어떤 식으로든 삶이 완전히 바뀌었다.

정순자 씨는 당시 기독병원 과장이었는데 기독병원은 시내와 가까워 부상자 치료와 시신 수습을 도맡았다. 사람이 정말로 '걸레'가 돼서 왔다는 그 현장은 내 상상의 범주를 넘어선다. 상상보다 더 잔혹한 그곳에서 그녀는 치열하게 환자를 돌봤고, 오랜 시간 깊은 화와 커다란 슬픔을 안고 살았다. 며칠, 몇 개월이 아닌 평생에 걸쳐서. 책에 실린 모든 여성이 그랬다.

그들에겐 또 하나의 공통점이 있었다. 그날 이후 완전히 바뀐 삶이 남을 돌보는 길로 나아갔다는 점이다. 거창한 이념 같은 건 영 내 것 같지 않았던 이웃집 여성들은 인권운동, 여성운동, 노동운동, 사회봉사 등에 눈길을 주기 시작했다. 그들은 자신이 잘할 수 있는 방식으로 타인의 존재를 헤아렸다. 책이 아니었다면 끝내 몰랐을 그날 이후의 이야기다. '중요한 건 꺾이지 않는 마음'이라는 말이 한동안 크게 유행했는데 이들은 크게 꺾인 마음으로도 다시 숨을 고르고 옆 사람을 부축하고 함께 미래로 나아갔다. 그럼으로써 바래지 않는 오월의 푸른 정신을 온 생으로 보여 주었다.

우리 요한이 얼마나 감푸냐면요,
돌 새총 있죠. 새총을 가지고 학교 파하믄은
새총으로 쏘는 거야 학생들을.

시사/교양 프로그램 『길길이 다시 산다』(채널A) 5회 전라남도 순천 촌놈 인요한에게는 찐한 우정을 나눈 친구들이 있다. 친구들은 존 린튼이라는 그의 이름을 구수하게 '쨘'이라고 불렀고, 서로를 사정없이 놀려 댔다. 푸른 눈에 금발 머리, 190센티미터가 넘는 키를 가지고서는 서울에서 전학생이 왔다 하면 그 길로다가 구경하러 갔던 쨘이와 순천 친구들. 어린 쨘이는 친구들이 자기를 놀릴 때면 기죽지 않고 되려 새총을 쏴 보복했다. 무슨 놀림을 당했기에? 눈? 머리 색깔? 아니다. 친구들은 오직 그의 '두상 크기'로 놀렸다. 한국인과 두상이 달라 이마부터 뒤통수까지 길이가 길었던 그를 꽁치라고 부르며 "앞뒤 꼭지 삼천리 왔다갔다 육천 리 돌아가면 구천 리"를 읊었다나. 그는 지금까지도 화딱지가 나서 선명하게 기억한다고 말하면서도 전혀 화를 내는 듯 보이진 않았다.

'감푸다'는 다루기 힘들다는 뜻의 사투리다. 얄궂고 짓궂고 징하게 말을 안 듣던 그의 옛 모습을 떠올리며 친구는 어제 일이라도 되는 듯 실감 나게 말했다. 그 옆에서 귀 기울이며 어디서 친구의 말을 반박할까 궁리해 보지만 어느 대목에선 꼼짝없이 인정하고 마는 인요한 씨를 보니 예순 넘은 아저씨들이 꼭 어린애들 같았다.

나 대신 어느 시절을 생생하게 기억해 주는 친구가 있다는 건 정말 큰 행운이다. 내게도 그런 친구가 하나 있다. 때로는 그 입에서 뭔 말이 흘러나올까 무서운 걸어 다니는 폭탄 같지만······. 열 살 때 처음 만나 지금까지 꼬박 20년 넘게 함께하고 있는 친구. 기억력이 좋아서 나를 자주 당황하게 만들지만 그 친구는 지구별이 내게 준 큰 선물이다. '여기가 좋긴 한데 쉽진 않아. 그니까 이 친구를 줄게. 잘 살아 봐' 하고. 정말로 그 친구에게 빚지며 살아온 시절이 참 길기도 하다.

코를 텡텡 풀어 봐.

정승철, 『방언의 발견』(창비, 2018)

나는 만성 비염 환자다. 지금보다 훨씬 심해서 병원에서 코뼈를 바로잡는 수술을 하네 마네 했던 어릴 적 소원은 콧구멍 두 쪽으로 숨을 쉬어 보는 거였다. 코를 하도 풀어서 인중은 늘 헐어 있었고, 코를 텡텡 푸는 통에 두통도 달고 살았다. 가족도 같이 괴로워했다. 특히 엄마가 정말 고생했다. 아빠는 내가 코를 텡텡 푼다고 자주 놀렸기에 '텡텡'은 꼭 아빠의 목소리로 읽힌다. 텡텡은 두 글자 모두 길게 발음해야 한다. 정말 '태애앵탱 태애애탱' 하고 지나가듯이. 코를 '팽팽' 푼다는 건 영 어색할 뿐 아니라 시원치 않다.

비염은 유감스럽게도 불치병이다. 비염이라는 절망적인 진단을 받고 백방으로 나을 방도를 알아보다가 엄마는 마지막으로 나를 한의원에 보냈다. 초등학생이던 나는 두 번의 여름방학과 두 번의 겨울방학 동안 날마다 한의원에 가서 누운 채로 코 옆에 침 네 대를 맞았다. 꼭 메기처럼. 물리치료실에는 조성모의 『가시나무』가 자주 나오곤 했는데, 그땐 그렇게 슬픈 노래인 줄도 모르고 '다중이'라는 개그 캐릭터가 유행하던 때라 '내 속엔 내가 너무 많다'는 가사에 킥킥대다 잠들었다. 어느 날은 반말 반 존댓말 반 사투리로 어르신들에게 살갑게 구는 원장님의 목소리를 들으며 잠들기도 했다. 그러는 동안 비염은 조금씩 나아졌다.

지금의 나는 두 콧구멍으로 시원하게 숨쉰다. 감기에 들려할 때나 환절기에 잠깐 불편한 정도다. 그래서 비염으로 고생하는 친구를 만나면 침을 맞아 보라고 강력히 추천한다. 코 옆 팔자주름 쪽을 짚어 가며 말한다. "여기, 여기, 그리구 여기, 여기 맞으면 돼." 정말이다. 밑져야 본전이니 한번 해 보시라.

손발 하나 까딱 않고 만사태평으로
신간 편하게 지내는 먹고대학생 노릇도
하루이틀이었다.

윤흥길, 『빛 가운데로 걸어가면』(현대문학북스, 1997)

대학을 졸업한 지도 이제 10년이 다 되어 가지만 본가에 갈 때면 순식간에 대학생 신분으로 돌아간다. 바로 '먹고대학생'이다. 이제는 고향에 친한 친구도 남아 있지 않아서 자연히 가족과만 시간을 보내곤 하는데, 부모님이 일터에 나가고 안 계시면 먹고 자는 일이 8할이다. 기껏 KTX 타고 지하철 타고 버스 타고 와서 도착한 집에서 잠만 자는 내 모습이 미안해 "오메, 잠이 어째 이렇게 많이 올까"라고 쭈뼛쭈뼛 말하면 엄마는 "먹고대학생 더 쉬어~"라고 답한다.

　'먹고대학생'은 옛날에 많이 배운 대학생이 힘든 일은 하기 싫고 힘들이지 않는 일자리는 시험을 봐야 들어가므로 그냥 집에서 노는 경우가 많아 붙인 이름이라고 한다. 속사정이야 어찌되었든 생계에 매달려야 하는 상황을 비껴간 것에 대한 부러움과 얄미움이 섞인 듯한 단어다. 이제는 먹고대학생이라는 말로 요즘 대학생들을 부를 일이 없다. 엄마가 내게 때때로 먹고대학생이라고 놀릴 수 있었던 건 외려 내가 서울에서 치열하게 살고 있음을 너무도 잘 아시기 때문이다. 지방 출신 학생이 서울 학교에 다니는 건 돈이 손가락 사이로 빠져나가는 일이다. 남도학숙이라는 지역 기숙사에서 지낸 덕에 부모님의 걱정을 조금이나마 덜었지만 여기서 계속 지내려면 좋은 성적이 필수였기에 반강제로 열심히 살았다. 공부에 뜻이 있건 없건 대학은 졸업해야 한다고 말하던 시절이었기에 뭣도 모르고 치열하게 살았지만, 시대를 고민하는 지식인으로서나 낭만을 즐기는 대학생으로서 그때를 보냈다는 감각은 전혀 없다. 본가에 가면 끊임없이 먹고 자는 까닭이 그때 열심히 사느라 먹고대학생의 총량을 채우지 못한 탓 아닐까 하는 변명을 떠올려 본다.

한겨울 장독대에서 얼음 송송 뜬
싱건지를 떠다가 먹는 고구마 맛만큼
게미 있는 음식이 어디 있을까.

이대흠, 『탐진강 추억 한 사발 삼천 원』(문학들, 2016)

나는 여름이 싫다. 기나긴 여름은 나에게 그저 버티는 계절이다. 그걸 조금이나마 도와주는 것이 음식인지라 제철 음식을 눈에 불을 켜고 챙겨 먹는다. 그중 으뜸은 암만 생각해도 찰옥수수다. 소신 발언을 하나 하자면 초당옥수수는 옥수수가 아니다. 어떻게 옥수수가 아삭할 수 있단 말인가! 초당옥수수가 나오는 초여름은 관심 밖이지만, 찰옥수수가 나오는 7월은 조금 다르다. 여느 때보다 밝고 예리한 눈으로 덥고 힘든 7월을 견디게 해 줄 옥수수 트럭을 찾는다. 트럭이나 기계 밑에 옥수수 껍질이 수북이 쌓여 있으면 무한한 신뢰가 샘솟는다. 반대로 삶는 기계 밑이 깨끗하면 그 옥수수는 쳐다도 보지 않는다. 비닐째로 보관하는 옥수수도 마찬가지다. 껍질이 없다면 대체로 저장 옥수수라 지나간 계절의 맛밖에 느낄 수 없다.

어릴 땐 사카린 넣고 찌는 옥수수를 좋아했는데 언제부턴가 아무것도 넣지 않고 찐 옥수수가 가장 좋다. 게미진 맛이 일품이기 때문이다. '게미지다'는 먹으면 먹을수록 자꾸 당기는 맛을 뜻하는 사투리인데, 누군가 내게 게미진 맛이 무어냐고 묻는다면 긴 설명 대신 찰옥수수를 하나 건네고 싶다. 뚝 부러뜨려서, 와다다다 뜯어서, 손으로 알알이 떼서 먹다 보면 한 자리에서 세 개쯤 해치우는 건 일도 아닌 맛이니까.

우리 동네에선 옥수수 트럭을 기다리기만 하면 됐는데, 서울에 오고 나니 옥수수 트럭을 찾는 게 하늘의 별 따기라 인터넷으로 강원도 어느 농장에서 옥수수를 스무 개씩 주문하는 어른이 되었다. 올해는 정갈한 흰 옥수수와 찰기가 대단해 보이는 보라색 옥수수 사이에서 고민하다 알알이 색이 다른 얼룩이 옥수수를 주문했다. 예약 주문을 받는 곳이라 사놓고 한참 잊고 지내다 보면 어느 날 옥수수가 도착하는데, 가스 불 앞에서 푹푹 같이 익어가도 그날만큼은 행복하다. 유일하게 반기는 이열치열이다. 91

야, 나도 씨야 줘.

청소년 시절의 내게 친구 관계는 일생일대의 중요한 주제이자 난제였다. 친구 없던 중학생 시절에도 친구 많던 고등학생 시절에도, 마음이 언제나 바쁘게 종종거렸다. 급식 먹을 때, 음악실이나 체육관에 갈 때, 소풍날 버스에 누구랑 앉을지 정할 때, 석식 먹고 운동장 한 바퀴를 돌 때…… 그런 순간마다 나는 즐거움보다 스트레스가 더 컸다. 내가 속한 친구 무리가 나를 '씨야 주길' 바랐기 때문이다. 누군가 나를 '씨야 주길' 기다릴 게 아니라 내가 먼저 다가가 내 친구로 '씨야 줘도' 될 일이었는데. 상대방이 나를 콕 집어 친한 친구라고 말하기 전까지는 내가 먼저 그렇게 말하지 않는 이상한 결벽도 있었다. 사실 그저 자신감이 부족했던 것이리라. 글로 적기엔 부끄러운 질투도 많이 했고, 이상적인 우정 형태에 대한 강박도 꽤 있었던 것 같다.

서울이라는 낯선 도시에 와선 모든 관계를 0부터 다시 시작해야 했다. 대학 친구는 진짜 친구가 아니라는 익히 듣던 말이 우습게도 내 조급함을 가져갔다. 한결 여유로워진 마음으로 새로 만난 동기들에게 말을 걸었고, 그때 내가 먼저 나서서 가까워진 친구들과는 지금도 친하게 지낸다. 중고등학교처럼 폐쇄적인 공간이 만들어 준 친구가 아닌 내가 적극적으로 나서서 만든 친구들이라 취향도 가치관도 꼭 맞았다. 보고 싶지 않은 사람은 안 봐도 된다는 점도 좋았다. 나는 사소한 걸로 친구에게 실망하지 않는 사람이라는 걸 알았고, 남들 또한 내게 그리 쉽게 실망하지 않는다는 걸 안 이후로는 마음의 속도가 차분해졌다. 씨야 주네 마네 하며 종종거리는 일을 더는 하지 않게 되었다.

사투리를 들키면
장사에 좋을 게 없다 하였다.

서효인, 「귀향」, 『여수』(문학과지성사, 2017)

한 입이라도 덜고 집안 살림에 보탬이 되고자 많은 이들이 서울로 갔다. 전국 각지에서 모인 그들은 서울 변두리에서, 가장 변두리 일을 하며 산업 구조의 바닥을 받치고 집안의 한 줄기 희망이 되었다.

서울에서 전라도 말을 쓴다는 건 타향살이 하는 동향 사람끼리는 반가운 일일 것이나 사회적으로 추가점을 받을 만한 요인은 아니었을 테다. 전라도에 대한 근거 없는 음해가 무척 끈질겼다. 다른 지역 말에 잘 동화되는 전라도 사투리를 두고 '출신을 곧잘 숨긴다'고 말하거나 민주화운동 역사를 두고 스스럼없이 '반동분자'라는 꼬리표를 붙였고, '저기 사기 친 아무개가 전라도 출신이더라'라는 연관성을 도통 모르겠는 말은 금세 '전라도 사람들은 문제가 있다'로 정리되었다.

어떤 일을 고향과 연결 지어 해당 출신지 사람을 싸잡아 욕하는 일은 특정 성씨나 혹은 혈액형을 가졌다며 홍보하는 것만큼이나 허무맹랑한 일이다. 사실 이는 백번 양보한 표현이고, 지역 차별은 인종 차별과 다름없다고 생각한다. '지역 감정'이라는 단어는 너무 물러서, 모두가 함께 고민하고 시정해야 할 차별 문제를 각자의 사사로운 일로 만들어 버리는 것 같다.

오래된 통계이지만 2004년 한 조사에 따르면 서울 인구 중 3대가 서울 태생인 토박이는 4.9퍼센트에 불과하다. 부모와 조부모는 다른 지역에서 서울로 왔다는 뜻이다. 그로부터 20년이 지났지만 한 세대가 미처 지나지 않았으니 비율은 비슷할 테다. 대부분이 '서울 사람'이 아니라는 소리다. 고향으로 사람을 판단하는 것이 얼마나 우스운 일인지 눈으로 보여 주는 통계다.

목소리도, 표정도, 발걸음도 달라졌시야.
고 얌전빼고 쌩콩같던 것이!

서이레 글·나몬 그림, 『정년이』 10화 (네이버웹툰)

"아조 쌩콩한 가시내여." 올가을이면 여덟 살이 되는 우리 집 막내 봉지를 두고 엄마가 자주 하는 말이다. 살갑지 않은 데다 단단한 근육을 지닌 봉지는 내 친구들 사이에서 '근엄 강아지' '근육 강아지'로 통하는데, 가족도 한결같은 쌩콩함으로 대한다. 내가 집에 가면 봉지는 총알같이 튀어나와 약 20초 정도 힘껏 반긴다. 그러고는 쌩하니 달려가 돌아오지 않는다. 간식으로 꼬드기지 않는 이상 봉지는 자기 장난감과 길고양이, 새와 마당에 흐르는 물소리에만 빠져 있다. '쌩콩하다'는 새침하다는 의미로, 도도하고 샐쭉한 사람을 일컬을 때 자주 쓴다. 생콩의 풋내 같이 떨떠름한 사람을 대하고 나서 썼던 말이 아닐까 생각해 본다.

대체로 쌩콩하게 구는 봉지이지만, 한 가지만큼은 꼭 지킨다. 내가 책상다리를 하고서 봉지를 부르면 부리나케 달려와 몸을 둥글게 말고는 다리 사이에 앉는 것이다. 딱히 웃거나 애교를 부리는 건 아니지만, 내게 등을 보이고 편안히 누워 있는 봉지를 보는 게 좋다. 봉지는 때로 기지개를 켜기도 하고, 내가 마사지를 하다가 멈추면 더 하라는 듯 손도 툭툭 친다. 가족 중 누구에게도 그렇게 하지 않기에, 봉지가 나를 특별히 여긴다는 생각에 어깨가 귀에 닿을 것 같다. 따뜻하고 고소한 냄새가 몸에 잔뜩 배는 시간을 보내고 나면 서울 가는 기차 안에서 꼭 봉지의 털을 발견한다. 어느 날엔 가방에, 어느 날엔 소매 끝이나 패딩 안쪽에 조금 붙어 있다. 그럴 때면 코끝으로 찡한 기운이 확 몰리면서 눈물이 나려고 하지만 바로 이때 정신을 잘 챙겨야 한다. 털들을 주섬주섬 소중히 챙겨 책 사이에 끼워야 하기 때문이다. 쌩콩한 봉지가 내 곁에 살아 숨쉰다는 증거들을 하나라도 놓칠 세라 손끝이 신중해진다.

어쩐지 마음이 언니가 뽀땃하게 끓여 온
전복죽처럼 뽀땃해지는 느낌이었다.

정지아, 『아버지의 해방일지』(창비, 2022)

어릴 적 나는 잔병치레가 몹시 잦았다. 병원을 거의 큰집처럼 드나들었는데, 개중에 크게 아플 때면 엄마는 내게 꼭 소고기야채죽을 만들어 먹였다. 쌀을 불려 끓이고, 소고기와 당근에다 파였는지 호박이었는지 이제는 잘 기억이 안 나는 초록색 채소를 아주 잘게 다져서 넣은 다음 참기름을 쪼로록 둘러 마무리하는 죽이었다. 하얗고 고소한 김이 오르는 죽을 먹고 있으면 또 아파서 이 죽을 먹고 싶다는 생각도 했던 것 같다. 찬 수건을 이마에 얹은 채로 부엌에 서 있는 엄마의 뒷모습을 보는 것도 좋았다. 아픈 딸을 위해 죽을 끓이는 엄마 속도 모르고. 지금 또 엄마의 죽을 먹을 수 있다면 죽 그릇을 잘 감싸 쥐고 명치끝부터 뜨끈하고 뭉근하게 올라오는 '뽀땃한' 기운에 몸을 맡기고 싶다.

어른이 되고서야 내가 엄마의 음식들 중 만들기 번거로운 것들만 쏙쏙 골라 좋아했다는 걸 깨달았다. 소고기야채죽이 그랬고 샌드위치와 김밥이 그랬다. 엄마의 샌드위치는 재료를 쌓는 형식이 아니라 모든 재료를 적당한 크기로 다져서 마요네즈에 섞어 빵에 바르는 형식이었다. 김밥도 마찬가지다. 모든 재료를 씻고 썰고 볶아야 하는 일인 줄 몰랐다. "간단히 김밥이나 할까?" 같은 말은 부엌에서 금지해야 한다. 만들기는 세상 번거로운데 먹는 덴 몇 분 걸리지 않는 음식들.

요즘도 집에 간다고만 하면 엄마는 며칠 전부터 먹고 싶은 음식이 없느냐고 묻는다. 이 질문은 집에 머무는 내내 이어진다. 그럴 때면 나는 속에서 갈팡질팡 하느라 마음이 바쁘다. 엄마를 고생시키기 싫은 마음과 엄마 음식은 어쨌거나 유한하니 많이 먹어 둬야 한다는 생각 사이에서.

잠이 오지 않는 밤이면 한때 SNS를 달궜던
'졸려'와 '잠 와'의 설전을 복기한다.

김연지, 『기대어 버티기』(위즈덤하우스, 2024)

잠이 훌쩍 달아난 어느 새벽, 싸이월드에 푹 묵혀 두었던 과거 사진을 꺼내 보았다. 고등학교 2학년 자습 시간에 찍힌 사진인데, 사진을 보자마자 교실의 어떤 소음들이 한꺼번에 내게 쏟아지는 듯했다. 나는 카메라를 보며 장난을 치고 있었고 내 뒤로는 지금도 가장 친한 친구 한 명이 엎드려 자고 있었다. 서울 사람들은 잠이 올 때 졸린다고 하고 남부 지방 사람들은 잠 온다고 하는 게 한동안 소소한 이야깃거리였는데, 정말이지 나도 졸린다는 말은 쓴 적이 없고 항상 "겁나 잠 와야"라고 표현했다.

　잠 앞에 장사 없다지만 10대 시절 나는 잠의 먹이사슬 최하단에 있었다. 그리고 심히 유감스럽게도 그땐 자고 싶어도 많이 잘 수가 없었다. 내가 고등학생 때까지만 해도 네 시간 자면 붙고 다섯 시간 자면 떨어진다는 '사당오락'이라는 말이 위용을 떨쳤다. 시험을 쳐서 들어간 고등학교는 잠을 적게 자는 게 미덕인 곳이었고, 아이들을 성적으로 줄을 세워 대했다. 모두가 밤 열한 시까지 강제로 야간자율학습을 했으며 그러고도 공부가 끝나지 않아 대개 새벽 1시에 자서 새벽 6시에 일어나는 식이었다. 못해도 7시간은 자야 정신이 맑아지는 나에게는 가혹한 일이었다. 부족한 잠이 낮에 기어코 눈두덩이 위로 쏟아졌다. 모두가 공부하는 게 눈에 보이는 교실에서 자꾸만 눈이 감기고, 못 이겨서 졸고 나면 자괴감이 너무 컸다. 맛있게 자기라도 했으면 마음이라도 좋을 텐데 그럴 리가 없었다. 잠이 부족하니 예민함과 불안함이 덤으로 따라왔다. 어른이 되고 나서 성격이 엄청나게 유해졌는데, 비로소 내가 원하는 만큼 잠을 잘 수 있어 그리 된 것 아닌가 싶다.

2호선 다 지어질라믄 당멀었겄제?

광주광역시에는 지하철 노선이 하나뿐이다. 2호선이 만들어진다는 말은 한 15년 전부터 줄곧 돌았는데, 이제야 공사에 들어갔다. 엄마랑 오랜만에 나간 광주 시내는 공사로 아주 복잡했다.

엄마는 10대 시절 내 가장 친한 친구였다. 영화를 보는 것도, 옷을 사는 것도, 맛있는 걸 먹는 것도 전부 엄마와 함께 했다. 그때 줄기차게 본 영화들이 단 한 편도 엄마의 취향이 아니었다는 건 아주 나중에야 알았다. 내가 서울로 대학을 간 뒤로 엄마는 매년 가을이면 서울에 와서 나와 함께 부지런히 이곳저곳을 쏘다녔다. 꼬박 네 시간 가까이 고속버스를 타고 와서도 지칠 줄 몰랐다. 하루 끝에서 먼저 곯아떨어지는 건 언제나 내 쪽이었다. 그랬던 엄마도 아빠가 몇 년간 서울을 오가며 치료를 받는 동안 서울행에 학을 뗀 모양이다.

작년 추석엔 거진 수년 만에 둘이서만 서울 내 집에서 시간을 보냈다. 명절을 그렇게 보내 본 건 처음이었다. 며칠 즐겁게 놀고서 엄마가 돌아가는 날, 내가 늦장을 피워 기차 시간이 아슬아슬했다. 신용산역부터 숨이 차도록 뛰어 엄마를 무사히 기차에 태웠다. 그러고는 잊어버렸는데, 그다음에 집에 갔더니 엄마가 조금 놀라운 이야길 했다. 지난 추석 때 너무 안 뛰어지더라는 거다. 어쩜 그러나 싶을 정도로 몸이 땅바닥에 딱 붙은 기분이었다며 조금 서글프더라는 말을 지나가듯 했다. 이상하다. 엄마가 뛰는 걸 어려워한다는 느낌은 아니었는데. 자식이라면서 이렇게 둔하다. 어릴 때 나는 엄마를 졸졸 따라다니며 할머니 되지 말라는 약속을 받아 내곤 했다. 당멀은(아주 먼) 약속이라 생각했던 때에 순식간에 도착했다. 엄마가 더 나이 들었다는 사실을 부정할 새도 없이 엄마가 먼저 인정해 버렸다. 이제 어릴 때처럼 당당히 새끼손가락을 걸고 약속을 받아 낼 수도 없는데.

경우지고 아능 것도 많은 자네가 어디 말을
좀 해 바. 머얼 어쩌겄다는 거인지.

최명희, 『혼불』(한길사, 1996)

새로 이사 온 집은 방음이 끝내주게 잘 되는 건물이다……라고 생각했다. 같은 건물에 사는 이웃들이 조용한 사람들이라 이 정도로 유지되고 있음을 깨닫기까지 그리 오랜 시간이 걸리지 않았다. 집은 튼튼했을지 몰라도 층간 소음이 흡사 아기 돼지 삼형제의 첫째 둘째네 집과 다를 바 없었다.

밤늦게 윗집의 생활 소음이 타고 내려오는 경우가 점점 잦아져 고민 끝에 편지를 썼다. 층간 소음은 직접 부딪치면 매우 골치 아파질 수 있으므로 최대한 경비실이나 집주인을 통해 말해야 한다는 건 나중에 알았다. 그런 줄도 모르고 겁도 없이 정면 돌파를 택한 나는 시간이 꽤 지나고서야 내가 이웃 운이 억수로 좋은 사람이라는 걸 알았다.

편지를 쓴 다음 날 아침, 우리 집 현관에는 긴 편지와 주전부리가 담긴 쇼핑백이 걸려 있었다. 소음을 줄여 주는 것이 답장이라고 생각했기에 깜짝 놀랐다. 편지의 내용을 짧게 옮겨 보면 이랬다. "실례가 많았습니다. 층간 소음은 윗집이 조심하는 게 당연하니, 소리가 나는 순간에 바로 연락 주시면 소음의 원인을 파악해서 조심하겠습니다. 카카오톡 ID ○○○."

이 '경우진' 이웃은 나중에 인사를 트고 보니 이제 막 대학을 졸업하는 청년이었다. 이 배려의 편지 덕에 나는 위층뿐만 아니라 아래층에도 미안함과 고마움을 가질 줄 알게 되었다. 이웃집을 생각할 줄 아는 사회 구성원으로 한 걸음 성장한 것이다. 더하여 팍팍한 세상에도 여전히 좋은 이웃이 있다는 믿음 또한 지켜졌다. 참 배우고 싶은 자세라 그날 이후로도 편지를 여러 번 읽었다. 이웃집 청년은 타지에 직장을 구해 아쉽게도 떠났다. 어디서든 이웃 복 넘치게 지내고 있기를. 경우지게 살면 어디선가 이렇게 복을 빌어 주는 사람이 생긴답니다.

묵 무치고 배추끌텅 쪄 왔네
폭삭허니 맛나구만.

「붙잡을 틈도 없이」『영암우리신문』(2016.12.12.)

하루 일과를 다 마치고 이불 속으로 쏙 들어가는 순간, 잠들기 싫어 방금까지 삐대던 시간이 왜 그랬나 싶을 정도로 아깝고 몸이 노곤해진다. 아, 진작 누울걸!

본가에 가면 내 이불이 따로 있는데, 엄마가 가장 좋아하는 이불을 내 이불로 내준 것이다. 우리는 각자의 이불을 덮고서 말한다. "이불이 폭삭하니 따시네."

'폭삭하다'는 부드럽고 포근하다는 뜻이다. 폭삭하다라는 사투리에서는 어쩐지 향기가 난다. 포근한 섬유유연제 향 말이다. 어릴 때부터 집집마다 섬유유연제 냄새가 다른 게 참 신기했는데, 엄마가 준 이불에서 나는 향기는 서울 내 집 이불에서 나는 향기보다 따스하다. 어쩐지 서울 집 이불은 폭삭한 맛도 덜한 것 같다.

이불을 턱 끝까지 올리고 작은 스탠드만 켠 채 고요한 밤. 옆에서는 엄마가 코를 도로롱 골며 잠에 빠져 있다. 그럴 때면 내가 온전히 지켜지는 기분, 잘 보호받는 기분이다. 눈을 살풋이 감고 누워 있자니 폭삭한 이불의 비결을 알겠다. 비결은 폭삭한 엄마의 마음이다. 딸을 기다리는 마음을 담아 이불을 빨고 개어 두었다가 딸이 오면 꺼내 주는 포근한 정성 말이다.

팥 양의 50% 정도 설탕을 넣고 끓이다가
블렌더로 살짝 갈아 준 다음 몰상할 정도로
조려 주었어요.

「흑임자 우유빙수 만들기」, 사이트『만개의 레시피』

오랜만에 간 마트의 고구마 매대 앞에서 아빠와 실랑이를 벌였다. 나도 고구마를 좋아해서 맛난 고구마를 고르는 데 자부심이 있는 편인데, 아빠가 별로 맛없어 보이는 고구마를 자꾸만 맛나보인다며 계속 장바구니에 담는 게 아닌가. 아빠가 고구마를 담는 동안 나는 나대로 옆에서 더 진한 색과 단단함을 자랑하는 고구마를 골라 넣었다. 그렇게 집어 온 고구마는 쪄 보니 연한 건 호박고구마, 진한 건 밤고구마였다. 머쓱할 만큼 둘 다 맛이 좋았다. 내가 고구마를 고르는 눈은 아직도 아빠를 못 따라가는구나 싶었다.

'몰상하다'(몰쌍하다)는 부드럽고 연한 맛을 표현할 때 쓴다. 몰캉몰캉, 말랑말랑의 또 다른 표현인 것이다. 아빠는 아직도 어린애들처럼 맛있는 것과 맛없는 것을 귀신같이 가려낸다. 어쩜 저리 맛난 걸 좋아하실까 싶어 신기하다. 엄마는 밥 한 공기를 비우고도 고구마를 연달아 두 개씩 먹는 아빠를 보며 여전히 뭐든 잘 먹는 건 다행이라는 듯한 목소리로 말했다. "몰상몰상~ 하니 맛난가 보네" 하고. 엄마는 그날 밤 고구마를 몇 개 더 쪄서 식탁 위에 올려 두었다. 고구마는 다음 날에도 여전히 몰쌍하니 맛이 좋았다.

우리는 인자 괜찮해. 우리는 끄터리라도
좋은 시상을 만내고 가네.

「막을 수 없다, 봄…. '전라도닷컴' 3월호 나와」

『광주드림』(2016.3.15.)

돈은 부족하고 시간은 넉넉하던 대학생 시절엔 서울에서 집까지 고속버스를 타고 다녔다. 광주까지 세 시간 반, 화순까지 직통으로 가면 네 시간이면 갈 수 있었다. 나는 차를 타면 바로 잠들어 버리는 터라 가성비가 훌륭했다. 그러나 몇 번의 위장 응급 상황이 발생해 사회적 인격에 극심한 위협을 받은 뒤로는 무조건 KTX만 탔다. 그날도 용산역에서 KTX를 타려고 배정된 18호차까지 걸어가다가 무심코 "뭔 이라고 끄터리는 첨이네"라는 말이 툭 튀어나왔다. 끄터리라고 하니 영화 『설국열차』의 꼬리 칸이 떠올랐고 영화 속 계급에 대한 생각은 이내 서울에 대한 생각으로 이어졌다.

서울행을 처음부터 바랐던 건 아니다. 그저 아는 눈이 너무 많은 동네를 벗어나고 싶었고 이왕 떠날 거면 다른 지역이 아닌 서울로 가는 게 좋겠다고 생각했다. 가끔은 후회 아닌 후회를 했다. 그렇게 떠나 버리는 게 부모님과 영영 떨어져 사는 일의 시작임을 알았다면 떠나지 않았을지도 모른다고. 어쩜 그렇게 가뿐하게 떠나 버렸던 걸까.

이런 잡다한 생각을 하는 동안 KTX는 한강을 건넌다. 외국인들이 한강을 보면 바다 아니냐고 그렇게 놀란다던데. 아침 햇살이 반사되는 63빌딩과 자동차의 후미등을 보며 조정래의 소설 『한강』을 떠올린다. 주인공 형제가 서울에 입성하면서 한강을 건널 때 인생의 완전히 다른 막이 열리고 있음을 직감하던 장면이 내게도 온전히 전이되어 몸 어딘가에 남아 있다. 이제 한 5년만 더 지나면 내가 부모님과 산 시간과 서울에서 혼자 산 시간이 같아지는데도, 한강과 남산타워를 볼 때면 여전히 낯선 곳에 잠시 머무는 이방인 같다는 생각을 한다. 내게도 서울이 고향 같은 곳이 될 수 있을까?

"아니다 후제 나 혼차 가도 됭게 오늘은
그냥 집에 있자. 느그도 피곤할 텐디 쉬야제.
서울서 여그가 워딘디."

정지아, 「목욕 가는 날」, 『나의 아름다운 날들』

(은행나무, 2023)

수화기 너머 언니는 다짜고짜 엄마가 죽었나 살았나 궁금하지도 않느냐며, 2주에 한 번 엄마를 모시고 목욕탕에 가는데 다음 주엔 시가에 일이 있어 안 되겠으니 네가 좀 오라고 한다. 주인공 '나'는 언니의 불호령에 꼼짝없이 집에 간다. 거기엔 엄마와 함께, 시가에 가고 없어야 할 언니도 있었다. 나를 부르려는 언니의 속임수였던 거다. 그렇게 세 모녀는 수십 년 만에 함께 목간에 간다. 언니는 나중에 엄마 돌아가시고 나면 내게 고마워할 날이 올 거라며 아주 의기양양하다. 정말이지, 가끔 그런 때가 있다. 대개는 다 지나고서야 그때가 좋았음을 알지만, 그 시간을 보내고 있는 중에도 '분명 나중에 지금을 오래도록 그리워하겠구나' 하는 때가. 이들 세 모녀에게는 이날의 목욕이 그런 순간이지 않았을까 싶다.

'후제'는 '훗날, 나중에'라는 뜻으로 우리 외할머니가 자주 쓰는 단어였다. 외할머니는 어린 나와 통화를 할 때면 꼭 "쫑쫑아~ 후제 놀러 갈게"라며 나를 달래셨다. 어린 나조차 그것은 기약 없는 약속이란 걸 알았기에 전화를 끊을 무렵에는 늘 눈물 콧물을 쏟곤 했다. 그 시절 명절에 잠깐 모였다가 또다시 흩어질 때, 할머니는 창원으로 우리는 화순으로 가기 위해 도로가 갈라지는 곳에 잠시 멈추었다. 그때의 회색 자동차와 그 안에 보이던 할머니의 백발이 아직도 부옇게 선하다. 우는 눈으로 보느라 그런 것이다. 지금이라면 어떻게든 참고 조금은 덜 울었을 거다. 정작 울고 싶은 사람은 할머니와 엄마였을 텐데, 내가 선수를 치는 바람에 엄마와 할머니는 마음 편히 울지도 못했다는 걸 너무 늦게 알았다.

삼례에서 만나믄 말이여

그때부터 쭈욱 나랑 함께 가게.

드라마 『녹두꽃』(SBS) 19회

전라도 사투리의 큰 특징 중 하나는 '~하게'를 또래에게 청유형으로 쓴다는 점이다. 말하는 나를 포함해 무언가를 같이 하자는 뜻이다. 밥 먹게, 누구 보러 가게, 같이 놀러 가게 등등. 나는 이것이 사투리인지 전혀 몰랐다가 어느 친구의 반응을 듣고야 알았다. "너 완전 장인어른 같다. 나 사위된 줄 알았잖아."

손윗사람이 아랫사람에게 허용이나 명령의 뜻으로 쓰는 '~하게'는 표준어가 맞다. 그때의 억양은 게(↘)다. 그러나 전라도 사투리에서는 이런 느낌이다. 게(◠) 혹은 게(→). 이 표현을 웃어른에게 쓸 때는 또 깍듯이 '요'를 붙인다. '하게요, 하시게요'라고 말이다. (참고로 부모님께는 붙이기도 하고 안 붙이기도 한다.)

나는 지금도 나보다 나이가 많은 분께 무언가를 제안드릴 땐 "하시죠"보다 "하시게요"를 쓰는 걸 더 좋아한다. 가끔은 혹시 오해하실까 싶어 썼다 지웠다 하지만 결국 '하시게요'를 택한다. 왜 그렇게 말하는지, 한번쯤 내게 물어봐 주길 바라는 마음으로. 특히 이 말 뜻을 직접, 기쁘게 설명해 드리고 싶은 분에게는 꼭 그렇게 한다.

하여간 나는, 광주에서 고등학교를 다니기
위해 고향, 시골을 떠났다. 떠난 뒤 다시는
돌아오지 못할 것은 아직 생각지 못하고.

공선옥, 『춥고 더운 우리집』(한겨레출판, 2021)

나는 황당하게도 좋아하는 친구를 따라서 서울에 왔다. 공부를 잘했던 그 친구가 대학을 서울로 간다기에 냅다 따라온 것이다. 같이 가면 자주 볼 수 있겠지, 하고. 그렇게 쉽게 고향을 떠났다. 서울에 가네, 고향을 떠나네, 다시 돌아올 수 있네 없네 하며 감상에 젖지도 않았다. 원체 상상력이 풍부한 편이 아니어서, 스무 살의 특별한 나날을 꿈꾸거나 더 어른이 된 내 모습을 그려 본 적 없기에 그랬으리라.

그래서일까? 서울에 오기 전날의 기억은 띄엄띄엄 아주 작은 조각들로만 남아 있다. 같은 하숙집에 들어가게 된 친구의 어머니와 통화하러 방에 들어가던 엄마의 옆모습, 서울서 쓸 로션을 사러 이니스프리 화장품 매장에 갔다가 생각보다 비싼 가격 앞에서 조금 망설이던 내 손 같은. 처음 서울에 도착해 신촌 현대 백화점 앞에서 친구랑 멀뚱히 서 있던 순간도 생각 난다. 신촌에서 뭘 했는지는 기억나지 않는다.

나는 3월이면 봄이니까 춥지 않겠지 싶어 얇은 카키색 점퍼만 챙겨 서울에 왔는데 그해 서울은 뼈가 시리도록 추웠다. 꽃샘추위의 기세를 감안해 몇 번을 다시 떠올려 봐도 그해 봄은 별나게 춥고 쓸쓸했다.

누군가 내게 스무 살이 어땠느냐고 물어보면 온통 회색 같았다는 말이 먼저 튀어나온다. 이제 와 생각하면 원래 있던 화분에서 뿌리째 다른 화분으로 옮겨졌으니 당연한 일이다. 분갈이 몸살을 하듯 나도 자꾸만 안으로 안으로 들어갔다.

"아야 아야 아야 날새긋다!"

기아 타이거즈 견제구 구호

이 구호는 상대 팀 투수가 1루 주자를 견제할 때 주로 등장하는 기아 타이거즈 팬들의 야유 섞인 응원으로, 여기서 '아야'는 아픔을 표현하는 감탄사가 아니라 호명하는 감탄사이다. "야!"라고 외치면 힘이 빨리 빠져나가고, "아야!"라고 외치면 '아'에서 기를 모아 '야'에서 시원하게 뻥 터지는 느낌이다. 답답했던 마음이 저 명치 끝에서부터 올라와 터진다고 해야 할까. 평소에도 전라도에서는 "아야"라고 불리면 훈수를 들을 마음의 준비를 해야 한다. 견제구 구호는 팀마다 다른데, 부산이 연고지인 롯데 자이언츠는 "마! 마! 마!" 하며 짧고 굵게 외치고(의미는 '아야'와 같다), 연고지가 대구인 삼성 라이온즈는 "뭐꼬 뭐꼬"라고 하며, 서울이 연고지인 LG 트윈스는 "떽! 떽! 떽! 앞으로 던져라!"라고 크게 소리친다.

이 구호를 들을 때면 2010년 프로야구 개막전이 떠오른다. 모두가 기아 타이거즈를 응원하는 동네에서 돌연변이처럼 두산을 좋아했던 고등학교 친구는 서울에 오자마자 내게 야구장 표를 건넸다. 두산 응원석에 앉아 있었기에 반대편에서 기아 타이거즈 팬들의 응원이나 야유 소리가 들려도 입도 뻥긋 못 했지만, 고향 말을 들어서 속으론 되게 좋았다.

우리는 공이 보였다 안 보였다 하는 외야석에 앉아 3월 추위에 덜덜 떨면서도 잔뜩 흥분한 채 경기를 봤다. 경기가 재밌다기보단 우리가 진짜 서울에 있다는 사실이 짜릿했던 것이리라. 내 인생의 새로운 시절도 개막했다는 낯설고도 확실한 예감. 그날 뭘 먹었는지, 경기 결과는 어땠는지는 하나도 기억나지 않는다. 잠실 야구장에 들어서는 순간 양쪽 고막을 밀고 들어오던 함성, 흐린 날을 눈부시게 비추던 조명 탑, 바삐 자리를 찾아가던 사람들의 뒷모습 같은 것들만 또렷이 남아 있다.

"얘, 걸거치게 뭐하니. 우리가 그 집
못 찾을까 봐. 먼저 가서 기다리려무나."

정지아, 「혜화동 로터리」, 『나의 아름다운 날들』
(은행나무, 2023)

한국전쟁이 끝나고 술독에 빠져 살던 박씨는 여느 때와 같이 술이 떡이 되어 걷다가 발에 걸거치는 사람 최씨를 만난다. 이어 박씨가 입주 가정교사로 잠시 가르쳤던 부잣집 아들 김씨까지 이들 세 사람은 중학생이던 김씨가 일흔 넘은 할아버지가 되도록 반세기가 넘는 우정을 이어 온다.

이들은 이야기 속에서 좌익과 우익, 중도파로 나뉜다. 양극단에 있는 박씨와 최씨의 아웅다웅을 좌도 우도 아닌 김씨가 평생 지켜보고 돌본다. 어느새 눈썹까지 세어 버린 이들은 기억 속에선 엊그제 같지만 주인장이 진작 돌아가신, 외상값이 많이 밀려 피해 다니던 혜화동 로터리의 중식집 다보장에 가기로 한다. 최와 박은 잘 찾아올 수 있을지 걱정하는 김에게 우리가 그것도 못 찾겠느냐며, 걸거치니 먼저 가라고 호기롭게 말한다. 셋은 다보장 아들의 배려 속에 중식을 먹으며 실없는 농담을 한다. "울면을 먹으니까 인생이 그렇지" 같은. 농담을 하는 사람도, 듣는 사람도 쌍심지를 켜고 싸우지 않는다. 젊을 때도 그랬다.

'걸거치다'란 걸리적거리다, 살짝 거슬리다는 뜻이다. 지나가던 걸음에 걸거쳐서 만난 이들은 평생 서로를 걸거쳐 하면서도 또 만나서 놀고 마시고 웃고 울고 헤어진다. 아마 죽을 때까지, 아니 죽어서도 그럴 테다. 정지아의 소설은 깊은 우정과 사랑 앞에선 아무것도 걸거칠 게 없다는 메시지를 준다. 한때는 목숨 바쳐 지키려 했던 사상이나 신념도 우정 앞에서는 그저 농담의 소재일 뿐이라면서.

현재 16개 자활근로사업 가운데
'깨까시' 사업단은 취약계층의
주거복지 서비스 대상자를 지원하기 위해
관내 저장강박 및 쓰레기 집 등 스스로
정리가 어려운 대상자들의 주거환경 개선을
위한 사업을 실시하고 있다.

「익산원광지역자활센터, 주택관리공단, 업무협약」

『전라일보』(2023.9.20.)

청소라는 행위에 큰 호감을 가지고 있다. 표현이 좀 웃기지만 사실이다. 청소란 좋은 행위라고 생각하고 기꺼이 습관으로 만들고 싶으나 아직 아주 좋아하는 단계는 아니어서 조금만 더 이 거리를 유지하고 싶은 마음이기 때문이다. 내가 짐이 적은 삶을 지향하는 것도 나와 청소와의 거리가 아직 그쯤이기 때문이다. 짐이 많으면 청소가 무척 번거롭다. 그 많은 짐과 인테리어 소품들을 들었다 놨다 하며 바지런을 떨 위인이 되지 못하는 나는 작고 단출한 집에 나름의 질서를 부여해 살고 있다.

사람이 마음에 여유가 없으면 주변을 치우지 못하게 된다는데, 나도 마찬가지다. 회사 일이 바쁘면, 고민이 있으면, 뭔가 해결해야 하는 큰 숙제가 생기면 집을 치우지 못한다. 처음에는 내가 그런 상태인지도 모르고 지내다, 불현듯 엉망이 된 집이 눈에 들어온다. 그렇지만 그걸 치울 시간과 에너지는 없으니 주말이 끝나도록 스트레스를 잔뜩 받으며 누워 있기만 하는 악순환이 이어진다. 그렇게 몇 주 지내다 보면 이렇게는 살 수 없다는 생각이 번쩍 들어 대청소를 시작한다. 현관, 화장실, 부엌, 침대, 바닥, 빨래, 책상 위…… 구석구석 깨까시 치운다. 내 삶의 세포들을 리셋하는 방법이랄까.

주기적으로 물건을 많이 버리고 대대적으로 청소를 하고 싶어 하는 까닭이 뭘까 곰곰이 생각해 본 적 있는데, 아마 다시 태어날 수 없어서인 것 같다. 지금 발 디딘 곳을 조금이라도 정리하면 다시 시작하는 기분이 나니까. 다시 잘 살아 보고 싶어지니까. 치우고 나면 도대체 왜 그렇게 인제껏 누워서 스트레스를 받았나 싶게 상쾌하고 가뿐하다. 깨까시 정리된 공간에 좋은 기운이 성큼 들어올 것만 같다.

묻긴 뭘 물어, 몇요일이지!

야구선수 양의지

오늘이 몇요일인지 알 필요가 없는 무소속 무직의 생활을 1년 정도 했다. 첫 직장이었던 땡스북스에서의 7년을 마무리하고 스스로 선사한 안식년이었다. 열심히 달려야 할 나이에 쉬어도 되나 싶어 고민하던 것도 잠시, 얼마든지 헤맬 수 있는 나이라는 생각에 보폭을 조금 줄여 트랙에서 내려왔다.

트랙 바깥은 생각보다 좋았다. 안 보이던 것들이 보이기 시작했고, 뭘 그렇게까지 매사 힘을 줬나 싶어 작정하고 놀았다. 주말이 평일 같고 평일이 주말 같았다. 자고 싶을 때 자고 먹고 싶을 때 먹고 읽고 싶을 때 읽고 눕고 싶을 때 누웠다. 그러면 어떤 날은 하릴없이 흘려보낸 것 같아 공허한 저녁을 맞기도 했지만 이런 마음까지 찬찬히 들여다보기로 결심한 해이기에 문제 삼지 않았다. 나를 찾는 사람이 드물어도 좋았다. 누구보다 나와 가장 친하게 지내기로 결심한 해이기에 상관없었다. 쓸쓸한 마음이 들 때면 긴 산책을 했다. 그러면 다음 날엔 반드시 힘이 났다. 해 본 적 없는 취미에 도전하고, 필요 없는 물건과 마음을 비우고 또 비워 냈다. 막연한 불안 속에서 꿋꿋이 노는 시간은 뭐랄까, 삶의 담력을 키우는 과정 같았다.

다시 일을 하고 싶어진 무렵에 새로운 회사에 다니게 됐다. 다시 아침과 저녁을, 모든 요일과 한 달을 에누리 없이 느끼는 삶을 산다. 새 업계에 적응하느라 몸도 마음도 고단하고 정신없지만, 몇요일인지 묻지 않아도 되었던 지난 시간이 내가 다시 출발선에 설 수 있도록 등을 부드럽게 밀어 주었다고 생각한다. 앞으로 나는 몇 번이고 소속이 없어지는 날을 맞이할 테지만, 그런 날이 오더라도 처음만큼은 두렵지 않을 것 같다. 몇요일인지 잊은 채로 나와 실컷 잘 놀고도 새롭게 시작할 수 있다는 걸 알기 때문이다.

"아휴, 뻗쳐라!"

예능 프로그램 『섬총사 2』(tvN) 소리도 편

기억 속에서만 성업 중인 가게들이 있다. 충장로 무등극장, 고등학교 앞 야누스분식, 이제는 이름을 잊은 동네 목욕탕 앞에 있던 분식 트럭, 초등학교 앞 쌍둥이문방구…… 그리고 오늘 한 곳이 더 늘었다. 집 앞 사거리 토마토편의점이다. 이름은 편의점이지만 근방에서 아이스크림을 가장 싸게 팔았고, 언제나 날계란과 콩나물 등이 있었으며 겨울엔 귤을 낱개로 팔기도 하는 작은 마트였다. 집에 다다라 편의점이 보이면 내내 뻗치던 몸도 조금은 힘을 낼 수 있었다. 편의점 문을 열어젖히면 자울자울 졸고 계시던, 우리 아빠보다는 좀 더 연세가 지긋한 사장님이 눈을 느리게 떴다.

평소와 똑같이 운동을 다녀오던 어느 밤, 마트 창문에 적힌 네 글자가 내 머리에 조금 서글프게 입력되었다. '폐업 세일.' 이 가게도 언젠간 사라질 수 있겠다고 생각했지만 막연한 상상일 뿐이었지 그날이 이렇게 빨리 올 줄은 몰랐다. 나는 다음 날 퇴근길에 들러 이것저것 잔뜩 사며 인사를 드렸다. 가게가 문을 닫게 되어 너무 아쉽다고. 사장님께선 그 말을 정말 많이 들었다며 그래도 내가 잘못 살지는 않았구나 하는 생각이 든다고 무척 고마워하셨다.

동네를 동네답게 해 주는 곳들이 너무 많이, 너무 빠르게 사라진다. 지금 사는 동네만 해도 그렇다. 이사 올 때만 해도 자리를 지키고 있던 집 앞 문방구와 마트 두 곳, 빵집 한 곳, 은행 한 곳에다 미용실은 셀 수도 없이 문을 닫았다. 동네 주민인 나도 마음이 좋지 않은데 마지막 셔터를 내리던 사장님들의 마음은 어땠을까. 토마토편의점 사장님은 꽤 홀가분해 보이셔서 다행이었지만 그 표정 뒤의 뻗치던 고생스러움을 나는 끝내 모를 테지. 다음 날 가게는 정말로 텅 비어 버렸고, 해 질 녘 노을만 가득 들어와 있었다. 텅 빈 공간이나마 오래 기억하고 싶어 사진을 한 장 남겼다.

'고향 기부금 답례품 푸지게 차렸어라'

「고향 기부금 답례품 푸지게 차렸어라」

『농민신문』(2023.1.27.)

몹시 좋아하는 그룹 '파리스 매치'가 7년 만에 내한 소식을 알려왔다. 10대 시절을 함께한 뮤지션인지라 혼자 가기엔 너무 아까워서 그 시절을 따로 또 같이 보낸 친구 두 명을 꼬드겼다. 그렇게 우리는 4월의 첫 토요일 밤, 서울 영등포아트홀에 일렬로 나란히 앉았다. 낯선 공연장이었지만 관객 응대가 훌륭했고 시설도 준수했다.

기대가 크면 반드시 실망하기 마련인데, 이날의 공연은 내 관람 역사에 한 획을 그을 정도로 무척 좋았다. 왕성한 활동기를 지나 아직 건재한 모습도 좋았고, 20여 년 전에 앨범을 함께 녹음한 멤버가 모두 모인 무대라는 점도 좋았다. 앵-앵콜까지 하는 공연은 난생처음이었다. 신나는 보사노바 리듬에 우리도 다 같이 일어서서 춤을 추고 싶었지만 그러질 못했더니 공연이 끝나고도 열기가 식질 않았다. 우리 셋은 한참을 춤추며 걸었고, 그런 스텝으로 한강도 건널 기세였다. 친구 한 명과는 같은 동네에 살아서 집까지 마저 걸었다. 한동네지만 한 번도 걸어 본 적 없는 길을 친구 따라 걷는데, 눈앞에 벚꽃이 푸지게 피어 있었다.

"와, 벚꽃 겁나 푸지게 폈네요."

"어디 어디? 와 진짜네. 이걸 '푸지다'라고 하는구나. 푸지다, 푸지다… 헤헤."

'푸지다'라는 단어를 여러 번 입에서 굴리는 친구의 모습이 참 좋았다. 봄마다 이 장면을 떠올릴 것 같은 예감이 드는 순간이었다. 미리 심어 둔 행복에 당도한 봄밤이 근사했고, 우리의 발걸음과 웃음은 더더욱 근사했다. 살면서 발이 땅에 쩌억 붙은 듯 무거워질 때면 오늘의 사뿐한 걸음과 웃음을 떠올려야지. 친구들과 함께 오래도록 경쾌한 리듬 속을 걷고 싶다는 생각으로 걷다 보니 어느새 집에 다다라 있었다.

아버지는 새 봄맞이
남새밭에 똥 찌끌고 있고
어머니는 어덕배기 구뎅이에
호박씨를 놓고 있고
땋머리 정순이는 떽기칼 떽기칼로
나물 캐고 있고.

서정춘, 「백석 시집에 관한 추억」,

『캘린더 호수』(시인생각, 2013)

우리 집 여름 식탁에는 스뎅(스테인리스가 아니다. 스뎅이라고 해야 맛이 난다) 바구니가 자주 올라온다. 그 안에는 호박, 고추, 가지, 방울토마토가 들어 있다. 어느 날은 쌈이 한가득이고, 또 어떤 계절엔 머윗대가 수북하다. 아빠의 바구니다. 아빠의 취미는 작은 텃밭에서 농사를 짓는 일인데, 가만 보면 이게 취미인가 싶을 정도로 구슬땀을 흘려 가며 진지하게 밭을 가꾼다.

아빠의 원래 취미는 낚시였다. 주말이면 가끔 친구 몇몇과 같이 배를 빌려서 고흥 앞바다로 낚시를 다녔다. 하지만 큰 수술로 담배를 끊고, 술을 끊고, 날것을 끊어야 하는 상황이 되자 아빠는 밭을 가꾸는 일에 취미를 붙이기 시작했다. 크지도 않은 땅뙈기를 살뜰하게도 나누어 오만가지를 심었다. 첫해엔 옥수수와 수박을 야심차게 심었다가 장렬히 실패했다. 아랑곳 않고 아빠는 다른 작물들을 키웠다. 계절마다 밭에서 온 손님들이 우리 집 문턱을 들고나기 시작했다. 어찌나 애정으로 키웠는지 가족들이 조금이라도 남길까 봐 아빠는 자주 식탁 앞에서 종종거린다. 요즘도 주말이면 아빠는 밭에다 뭘 찌끄리느라 늘 바쁘다. 비료, 물, 어떤 날은 새 씨앗을 뿌린다.

호스며 호미며 가뿐히 들고 휘딱휘딱 바지런히 돌아다니는 아빠의 뒷모습을 보면 뭐 저리 진심일까 하면서도 건강한 모습이 그저 보기 좋다. 처음에 아빠가 농사를 시작했을 때 아빠 사진을 참 많이 찍었다. 이제 와 말하자면 그땐 재발의 위험성 때문에 아빠를 기억해야 할 일이 생길 수도 있겠다는 생각으로 남몰래 간절히 찍었던 거다. 지금은 마냥 기쁘게 찍을 수 있어서 감사할 뿐.

한 평생 우리 삶이 크고 작음의 차이일 뿐
까끔살이 같네

이종구, 「까끔살이」, 『아름다운 것이 어찌 꽃들뿐이랴』

(배문사, 2021)

어릴 때 아파트 놀이터에 가면 미끄럼틀 아래에 꼭 까끔살이, 즉 소꿉놀이의 잔해가 남아 있곤 했다. 나는 까끔살이에 조금도 흥미가 없는 어린이였기에 해 본 기억이 없지만, 까끔살이 장인이었던 엄마 말에 따르면 까끔살이는 모래로 밥 짓고 이파리로 나물 무치고 물 떠 와서 국을 만드는 아주 바쁜 놀이였다고 한다. 엄마에게 놀이터는 까끔살이 재료가 지천에 널린 부엌이었다고. 나는 그런 부엌 옆에서 그네를 거꾸로 타다가 돈을 줍거나(혹은 흘리거나) 정글짐 꼭대기에서 내려오다가 뒤통수에 혹을 달거나 애매하게 크고 낮은 타이어들을 무료하게 밟곤 했다. 먼지를 많이 마셨고 많이 넘어졌다. 저녁 무렵 엄마가 우리 집 뒤쪽 베란다의 빨간 블라인드를 걷고 나를 불러야 집에 들어갔다. 양손에서는 늘 그네 줄의 쇠 비린내가 났다.

서른이 넘어 초등학교 운동장이 보이는 집으로 이사를 오니 잊어버린 줄만 알았던 옛 놀이터 풍경이 떠오른다. 그때와 다른 점이 제법 눈에 띄었다. 타이어와 정글짐이 없고, 철봉도 무척 쪼끄만 녀석이다. 미끄럼틀 밑에도 까끔살이 재료들이 널브러져 있지 않다. 그리고 무엇보다 무진장 깨끗하다. 모래 운동장도 최근에 인조 잔디로 덮어서 무척이나 쾌적해 보인다.

예전 풍경이 사라져서 아쉽다는 말은 하고 싶지 않다. 거기서 노는 아이들은 우리 때와 다름없이 즐거워 보이니까. 공을 열심히 차고, 아침에는 반별로 나와 체조를 하고, 주말의 텅 빈 운동장에서도 자기들끼리 사뿐사뿐 놀다 가는 소리가 들린다. 더이상 모래를 마시지도, 이파리 나물을 무치지도, 쇠 비린내가 나는 그네를 타지도 않는 아이들은 어떤 이야기를 나누고 어떤 놀이를 즐길까? 동네 이모도 조금 알 수 있으면 좋으련만!

"두 뻐스의 동행이 영원히 계속되믄 좋죠."

캠페인 『더불어 삽니다』(광주MBC)

광주 228번 버스 기사 김병복 님

어느 날 본가에 갔더니 모르는 버스 번호가 보였다. 지원151번 버스가 바뀐 거라고 했다. 갑자기 왜 번호가 바뀌었나 싶어 검색해 보니 '달빛동맹사업'의 일환이라고 한다. 이는 '달'구벌 대구광역시, '빛'고을 광주광역시의 앞 글자를 따 만든 상생 사업으로, 지역주의 타파와 두 광역시의 공통 이슈인 경제 문제를 함께 고민하고자 만든 협약이다. 대구 2·28민주운동과 광주 5·18민주화운동의 의미를 되새기고자 서로의 지역 버스 이름을 바꾼 것인데, 대구에는 이미 518번 노선이 있었기에 거기에 추가로 의미를 더했고, 광주는 5·18민주화운동과 관련된 장소를 지나는 지원 151번을 228번으로 변경했다. 버스 이름만 바꾸고 생색내는 사업이 아니라, 다방면에서 이미 10년이 넘도록 끈끈한 동맹을 이어 오는 중이라고 한다.

대구 2·28민주운동은 1960년 3·15 부정 선거에 대항하여 대구 시내 고등학생들이 주도해 일으킨 것이고, 광주 5·18민주화운동은 광주·전남 지역에서 신군부의 집권을 규탄하고 민주주의의 실현을 요구한 것이다. 국가는 광주에 계엄군을 투입하여 민주화운동에 나선 시민들을 폭력적으로 진압하고 사살했다. 두 민주화운동은 한국전쟁 이후 일어난 최초, 최대의 민주화운동이라는 점이 뜻깊다. 한동안 본가에 갈 때면 바뀐 버스 번호를 기억하는 게 조금 번잡스러웠지만 반가운 일이 아닐 수 없었다. 두 도시는 앞으로 10년 후엔 또 어떤 일을 해내고 있을까? 이런 작은 번잡함쯤은 얼마든지 감수할 수 있으니 달빛동맹의 반짝거림을 오래도록 보고 싶다.

거기다 등짝이 척척헝게 난닝구 사쓰도
속빤쓰도 땀으로 범벅 돼서 솔찬히 멍쳐
버렸당게요.

'속빤스' 항목,

『전라북도 방언사전』(전북도청, 2019)

한강의 모든 다리를 성실히 건넌 기록 『어크로스 더 리버스』를 읽으며 아주 오래전 여름을 떠올렸다. 비가 무지막지하게 쏟아지던 날, 친구와 함께 자전거로 한강을 건넜다. 그때 세상에서 나와 가장 가깝던 친구는 자전거를 정말 잘 타서, 자전거를 전혀 못 타는 나를 종종 2인용 자전거에 태워 주곤 했다. 그날도 둘이 신나게 자전거를 타고 돌아가는 길에 소나기를 만났다. 우리는 그 길로 한강을 내달렸다. 앞에서부터 얼굴을 때리는 빗속에서, 나는 친구 등 뒤에 적당히 숨은 채 안전한 해방감을 느꼈다. 어쨌든 우리는 한강을 무사히 건널 것이며, 돌아갈 곳이 있고, 그 여정을 함께하는 친구가 있다. 신발이 척척해지는 게 싫어 장마철이면 슬리퍼만 고수하는 내가 옷과 신발이 다 젖는 걸 흔쾌히 받아들인 건 그때가 처음이자 (지금까지는) 마지막이다. 그때는 이런 척척함이라면 몇 번이고 푹 젖어도 괜찮다고, 앞으로도 기꺼이 그러고 싶다고 생각했다. [척처캄] 말고 사투리로 [척저감]으로 발음해야 할 듯한 여름 비의 기억은 찐득하면서도 이상하리만치 상쾌했다.

따뜻하고 안전했던 등이지만 그 등이 돌아서고 나서는 그날의 등을 부러 잊고 지냈다. 그 친구에 대한 척척한 마음이 참 오래도 갔다. 하지만 내 마음에도 볕이 들고 바람이 불면서 마음이 점점 뽀송하게 말라 갔고, 이제는 마지막 뒷모습보다는 한강에서의 등을 떠올릴 수 있게 됐다. 그때의 척척함은 분명 근사했다. 우리 사이가 어찌 되었든 나는 비 오는 날에 한강을 신나게 내달려 본 적 있는 사람이다. 이날의 기억 덕분에 비가 오는 날이면 종종 밖에 뛰쳐나가 척척하게 젖어 보고 싶은 충동이 인다. 이제는 휴대전화와 블루투스 이어폰 같은, 나와 한 몸 같은 전자기기를 먼저 걱정하는 사람이 되었지만.

오매, 저 뻘건 단풍 좀 보소!
산이 불붙은 것맹이로 삘허네!

이기갑, 『전라도말 산책』(새문사, 2015)

서울에 와서 10년 동안 살았던 아파트는 오래됐으나 관리가 잘 되는 곳이었는데, 그런 아파트들의 특장점은 단지 내 조경이 수려하다는 점이다. 나는 여기에 살면서 자연을 제대로 느끼기 시작했다. 처음엔 비가 오면 비네, 눈이 오면 눈이네 하며 창밖을 보는 걸로 시작했던 것 같다. 그 시선은 점차 출퇴근길을 꼼꼼하게 살피는 것으로 이어졌다. 봄엔 우리 동 입구에 동백나무와 불두화가 피었고 옆엔 겹황매화가 피었다. 여름으로 넘어갈 즈음엔 옆 동의 라일락이, 1층 그늘진 곳에는 라벤더인 줄 알았던 맥문동이 보랏빛을 뽐냈다. 연두색 이파리가 점점 짙어지는 풍경은 여름을 반기지 않는 내가 여름의 씩씩함을 인정하고야 마는 순간이었다.

더위가 가시면 아파트 광장을 삥 두른 느티나무가 제일 먼저 알아채고 스스로 몸을 물들였다. 해가 드는 곳부터 노랑, 주황, 빨강으로. 그 나무 밑으로는 어르신들이 모여 담소를 나누고 아이들이 실컷 뛰어다녔다. 감나무엔 감이 익고 산수유나무엔 어느새 빨간 열매가 달렸다. 남천은 어떻고. 집에서 키우는 남천은 첫해 이후로 영영 열매를 보지 못했는데 아파트 단지 안 남천은 뻘겋게 영글었다. 한바탕 비가 내린 뒤엔 경비원 선생님들이 낙엽을 부지런히 쓸어 없앴다. 타인의 노동 덕에 가을의 아름다움만 챙길 수 있었다. 마침내 흰 입김이 나고 첫눈이 내리면 나무들은 숨을 죽이고 동면 상태로 들어갔다. 그러면 한 해가 끝이 났다.

좋은 집주인 할머니 덕에 그 아파트에 오래 살았는데, 나중에 기회가 된다면 좋다는 아파트 다 제쳐 놓고 다시 거기서 살고 싶다. 근처에 공원도 없고 산도 잘 안 보이는 동네였지만 사는 게 사는 것 같다고 느끼게 해 준 곳.

싱건지 국물로 웅웅거리며 입가심까지
하고 나면 뜨듯한 아랫목에 그대로 눕고
싶어진다.

「한겨울 고소하고 오묘한 '자극'」

『시사IN』(2011.2.8.)

퇴사 후 가장 해 보고 싶었던 일은 요리 배우기였다. 일을 좋아하느라 바빠 요리는 관심의 대상도 아니었고 요리를 못 하는 게 부끄럽지도 않았는데, 어느 날 문득 '할머니 되어서도 이렇게 살 테냐!' 하는 쩌렁쩌렁한 내면의 호통이 들려왔다. 나물 무치는 법이나 국 끓이는 법을 배우고 싶어 '혼밥 요리 향상 과정'이라는 멋들어진 수업에 등록했다. 분명 '혼밥 요리'라고 했는데 나는 그곳에서 수수부꾸미와 칠절판, 어향가지와 동치미를 만들었다. 엄마와 통화하며 다음 주엔 동치미를 배운다고 말했더니 "동치미를 그렇게 간단히 만들 리 없어. 사이다 같은 걸 써서 빨리 익히는 거 아닐까?"라며 합리적인 의심을 하셨다.

"저희 어머니는 동치미를 꼭 싱건지라고 부르셨어요." 선생님의 말에 수강생 대부분이 처음 듣는 단어라고 답했다. 선생님은 맨 앞자리의 연배가 높아 보이는 수강생에게 "저보다 더 어리신가 보다~"라며 농담을 건넸고, 모두가 한바탕 크게 웃었다. 선생님은 옛날에 쓰이다가 이제 쓰지 않게 된 말로 여기시는 듯했는데, 싱건지는 동치미의 사투리다. 우리가 묵은지라고 부르듯 '싱거운 김치(지)'를 줄여 싱건지가 된 것이다.

내 동치미는 어떻게 됐느냐? 동치미의 비법은 마지막에 한 움큼 넣는 삭힌 고추였다. 삭힌 고추 대신 청각을 넣어도 된다고 하셨다. 청각 또한 수업에서 아는 사람이 나를 포함해 둘 뿐이었다(전라도 김치에는 시원한 맛을 내는 해초인 청각이 늘 들어간다). 동치미는 만들어 놓고도 사실 기대하지 않았기에 다다음 날에나 열었는데, 이게 웬걸! 한입 먹는 순간 눈이 번쩍 뜨였다. 제대로 익힌 진한 동치미 맛이 났기 때문이다. 나도 이제 동치미 만들어 본 사람이다! 그것도 아주 맛있게! 해 본 적 없어 지레 못한다고 여겼던 걸 하나씩 해내는 요즘이다.

부산에서 부르는 메리치를 비롯,
메르치 머루치 멸따구 멜 멀 맬치 멧치 열치
멸오치 명어치 열치 잔사리 추어 돗자래기
드중다리 중다리 앵매리 눈퉁이 국수멸도
멸치의 다른 이름들이다.

「다양한 이름… 수어, 행어, 멸오치 등 수두룩」

『부산일보』(2005.4.21.)

아빠는 퇴근길에 이것저것 가져오는 게 많다. 엄마는 아빠가 쥐 따라서 그렇다는 농담을 하는데 진짜 그런 것도 같다. 어느 날은 같이 일했던 든든한 후배에게서 받은 고기를 들고 오고, 어느 날은 수산물 시장에서 사 온 낙지를, 또 어느 날은 아빠가 주말마다 열심히 농사 짓는 쬐끄만 텃밭에서 수확한 가지·호박·상추·부추를 들고 온다. 텃밭 작물들은 사실 '어느 날'이 아니라 매일이다. 몇 년 전부터 여름이면 매 끼 재료가 가지·호박·오이로 고정될 정도로 풍작이니 말이다. 그러던 와중에 오늘은 멸치다.

아빠는 봉투를 흔들며 엄마에게 말한다. "아 이 멸따구, 꽈리꼬추 넣고 뽂아 가꼬 먹게~" 앞에서도 말했지만, 여기서 '먹게'는 '하게체'가 아니라 행동을 같이 하자는 청유형 표현이다. '멸따구'는 눈치 챘겠지만, 멸치를 뜻하는 전라도 사투리다.

아빠는 멸따구를 고춧가루 넣고 볶은 걸 좋아한다. 우리 집은 철저한 간장 파였는데 어느 날 식당에서 고춧가루 넣은 멸치볶음을 맛보고 와서는 우리집의 규칙을 아빠가 깨 버렸다. 유감이지만 "간단히 국수나 한 그릇 먹세"라고 말하는 사람이 우리 아빠다. 엄마는 "느이 아빠는 음식 만드는 게 뚝딱 되는 줄 안다"며 뭐라고 하면서도 꼭 해 준다. 평생 가족을 위해 바깥에서 애쓴 아빠를 애틋하게 생각하고 진심으로 고마워하는 건 엄마가 제일이다. 엄마가 멸치를 볶는 동안 아빠랑 나는 그 옆에 앉아서 멸따구 똥을 따서 없앴다. 오늘은 아빠의 요청대로 뻘건 멸따구 볶음이 식탁에 올라왔다. 새 멸치볶음에 신이 나서 한 그릇 뚝딱 잡숫는 아빠의 모습이 보기 좋다.

내가 상놈 무선 본때를 뵈어 주마.
꾀벗고 달라들어 맞붙기로 허먼,
니그는 잃을 것 많어서 무섭겄지만,
나는 잃을 것 없어서 무설 것도 없다.

최명희, 『혼불』(한길사, 1996)

인생 첫 교복 아래 빼꼼 보이는 양 무릎의 노란 멍. 뭐야, 어디서 든 거지? 설마, 지난주 목욕탕?!

그렇다. 방년 14세의 봄, 나는 동네 목욕탕에서 깨벗고 기절 했다. 중학교 입학식 전날이었다. '이제 어린이 시절은 안녕, 나 도 점점 어른이 되어 가고 있다고요'라는 마음으로 엄마와 함께 목욕재계하러 떠난 그날, 나는 때를 불리기 위해 탕 안에 들어가 몸을 머리끝까지 몇 번이나 푸욱 담갔다. 뜨거운 물 안에서 시원 하다고 말하는 어른들의 말을 따라 하며 그런 말을 하는 내가 조 금 멋진 것 같아 의기양양하게 탕에서 나와 엄마에게 갔는데, 분 명 갔는데……

다시 눈을 떴을 땐 목욕탕 천장과 엄마 얼굴이 보였다. 탕에 서 걸어 나와 엄마 앞에서 기절한 것이다. 엄마는 우왕좌왕하지 않고 침착하게 나를 때려 가며 깨우고 있었다. 적절한 타이밍에 깨어나 얼마나 다행이던지. 깨벗고 수건 한 장이나 겨우 덮고서 구급차에 실렸을 걸 생각하면 지금도 아찔하다. 멍의 위치를 보 아하니 필시 양 무릎을 꿇으며 기절한 모양이다.

엄마는 어찌나 놀랐던지 그 후로는 목욕탕이나 찜질방에 못 가게 했다. 원래도 탕에 들어가는 걸 그리 좋아하지 않던 터라 엄 마의 금지령이 아쉽지는 않았다. 때는 집에서 박박 밀었다. 한 가지 아쉬운 건 목욕 후 스콜을 마시던 일과 목욕탕 앞 트럭 분식 집에서 식빵 튀김을 먹는 일도 같이 끝나 버렸다는 거다. 그걸 먹 으려고 다닌 목욕탕인데!

허지마라 쌍깨 어거지를 부리덩마는
기언치 일을 내 뿔고 말제?

「맛깔진 해남 사투리」

『해남신문』(2011.5.20.)

퇴사 직후 떠난 긴 여행을 마치고 거의 두 달 만에 돌아오는 날. 떠날 땐 이날이 오긴 오는 건지, 이날이 되면 나는 어떤 모습일지 무척 궁금했다. 2월 중순에 홋카이도로 들어가 여느 때보다 긴 겨울을 나고서는, 3월에 봄날의 도쿄로 넘어갔다. 그간 떨치지 못한 감정들을 눈 속에 다 비우고 도착한 도쿄에는 친구가 서 있었다.

이 봄, 친구는 자신이 내어 줄 수 있는 가장 좋은 걸 골라 내게 주었다. 시간도, 장소도, 음식도, 짧은 편지들도 무엇 하나 대충 고른 게 없었다. 그 마음을 마주할 때면 고맙다 못해 애틋해지고 급기야 슬퍼져 어떻게 해야 할지 몰라 쩔쩔매기만 했다. 그 마음에 관해 이야기하자 친구는 이렇게 대답했다. "나도 예전엔 그랬어. 그런데 그냥 그 친구에게 내가 잘해 주고 싶은 사람인가 보다 생각하기로 했어."

친구는 자기 말을 다시 한번 증명하듯 기언치(기어이) 작은 일을 냈다. 그제 아침, 아니 새벽 6시에 내 호텔 방문을 두드린 것이다. 친구의 손에는 직접 내린 커피를 담은 보온병과 예쁘게 썬 오렌지, 이 새벽에 문을 연 샌드위치집이 있더라며 사 온 샌드위치가 들려 있었다. 사랑은 눈에 보이지 않는 것이라고 하지만 아니었다. 그 사랑은 보온병 커피와 오렌지, 긴 편지의 모습을 하고 있었다.

언제부터인가 사랑 역시 우정의 일부임을 알고 나서는 우정에 임하는 자세가 달라졌다. 우정을 당연히 여기던 때가 아니라, 자세를 고친 때 내 앞에 나타나 준 친구가 참 고맙다. 친구의 말 덕분에 친구의 최선을 기쁘게 받을 줄 아는 봄날을 보냈다. 나의 최선 또한 또 다른 친구에게로 흘러 흘러 이어지겠지.

난 참말로다가 한나도!
한나도 걱정 안 했당께 참말로.

드라마 『응답하라 1988』(tvN) 13화

『응답하라 1988』속 덕선 엄마 일화는 어느 날 남편 동일의 회사에서 나온 건강 검진권으로 검사를 받고는 시름에 빠진다. 오래전부터 가슴 아래쪽에 혹이 잡혔기 때문이다. 이웃 미란과 선영은 다들 물혹 하나쯤은 있다며 괜찮을 거라 하지만, 나쁜 예감은 어째서 빗나가지 않는 건지 의사는 모양이 좋지 않으니 조직 검사를 해 보자고 한다. 동일은 가족들 앞에서 아무렇지 않게 행동하지만 동네 포장마차 구석에서 홀로 "우리 일화 불쌍해서 워쩐대"라며 동네가 떠나가라 운다.

드디어 약속한 날에 병원에서 전화가 오고, 집 안을 울리는 전화벨 소리에 일화는 동일과 눈빛을 교환한 후 수화기 앞으로 간다. "예…, 예……." 전화를 끊고 가족들 쪽으로 얼굴을 돌린 일화는 암이 아니니 추적 검사만 해 보자고 했다는 결과를 전한다. 동일은 이렇게 외친다. "첨부터 나는! 참~~~말로다가!! 한나도! 한나도 걱정 안 했당께, 참말로!" 울 듯 말 듯한 목소리와 만감이 교차하는 얼굴로 몇 번이고 같은 말을 반복하는 동일을 보며 엄마와 나는 금세 눈이 벌게졌다. 강한 부정은 강한 긍정이라고, 동일이 밤낮으로 얼마나 마음 졸였을지 단박에 알 수 있는 대사였다.

'하나'보다 '한나'라고 말해야 할 때가 있다. '한'에서 공기를 모아 '나'에서 터뜨릴 때, 동일은 속에 천근만근 쌓여 있던 걱정을 시원하게 토해 내는 것처럼 보였다.

나도 수년 전 동일의 표정으로 같은 대사를 외친 적이 있다. 아빠의 암 수술 후 조직검사 결과지를 받아 들었을 때다. 내 얼굴이 어땠는지 그땐 몰랐는데, 희비가 교차해 안도에 이른 모습을 드라마 속 동일을 통해 이제야 제대로 보았다.

밧게 봄은 벌써 재앙스럽소.

김영랑, 「뉘 눈결에 쏘이었소」

엄마랑 '관상학적으로 좋은 코'에 관한 이야기를 하다가 아빠 코로 넘어가서 아빠 콧구멍까지 진지하게 고찰했다. 작지만 오똑한 엄마 코와 누가 봐도 잘생긴 아빠 코에 대해 내가 칭찬하자 엄마는 아빠의 콧구멍이 조금 크다는 소신 발언을 했다. 관상학적으로는 콧구멍이 보이면 재물이 샌다고 해서 정면에서 봤을 때 보이지 않는 게 좋다나? 아빠가 콧구멍이 좀 커도 정면에서 안 보이니 얼마나 좋으냐고 했더니, 엄마는 콧구멍에 콩을 집어넣었다가 고생했다는 아빠의 어린 시절까지 소환했다.

'재양시럽다' 혹은 '재앙스럽다'는 장난꾸러기에게 하는 말로, 재주꾼에게 쓰기도 한다. 아빠의 어릴 적 사진을 보면 어지간히 똘망똘망하고 재양스럽게 생겼다. 잘 깎은 감자 같다고 해야 하나. 생긴 것만 그런 게 아니다. 과연 콧구멍에 콩뿐일까. 팔도 그렇다. 자전거를 타다가 팔이 제대로 부러졌는데 돌팔이 의사한테 가는 바람에 지금도 두 팔을 뻗으면 한쪽 팔의 각도가 미세하게 다르다. 말하지 않으면 아무도 모를 정도로 어찌어찌 잘 나았지만. 하여튼 재양스러웠던 아빠의 어릴 적 에피소드를 듣고 있으면 고개를 절로 젓게 된다. 분명 할머니 마음 고생이 이만저만 아니었을 테다. 그 콩은 어떻게 뺐다더라. 으휴, 정말!

저런 얼빵한 놈을 믿고 무슨 일을 같이 하냐?

'얼빵하다' 항목,

『전라북도 방언사전』(전북도청, 2019)

생애 첫 프리다이빙을 했다. 프리다이빙 강사로 활약 중인 친구 아버지께서 무료 원데이 클래스를 열어 주신 덕분이다. 나는 10년 만에 수영복을 사고 동네 친구에게 수모를 빌려 23년 지기 물개 친구와 함께 올림픽 수영장으로 향했다. 태어나 처음 하는 스포츠를, 세상에서 가장 친한 친구랑, 좋아하는 친구의 아버지께 배우려니 자꾸 웃음이 나왔다. 물속에서 웃으면 광대와 고글 사이에 틈이 생겨 물이 들어오는데도 참을 수가 없었다. 시쳇말로 '도파민이 팡팡 터지는' 상태여서 설명도 귀에 잘 들어오지 않았고, 그 와중에 수심 5미터를 무리 없이 단번에 다녀온 나를 보며 강사님은 말씀하셨다. "이해력은 딸리는데, 실력이 좋아." 그 길로 나는 '얼빵한 모범생'이 되었다.

그렇게 세 시간의 수업을 마치고 나니 확실히 알 수 있었다. 프리다이빙은 '믿음의 스포츠'라고. 물 밑으로 깊게 내려갔다 무사히 올라오려면 나를 믿고, 여기서 아무 일도 생기지 않는다는 걸 믿고, 옆에 계신 강사님을 믿어야 했다. 그래야 비로소 자유로워질 수 있었다. 공기통 없이 내가 참은 숨으로만 내려간다는 점도 욕심내지 말라는 무언의 가르침 같았다. 우리 세대는 바른 인성 함양을 위해 서예·바둑·웅변을 배우곤 했지만 이제는 프리다이빙 세대가 올 것 같은 예감이 든다.

세상엔 몰라서 못 하는 일이 많은데 그럼에도 뭔가를 해 보고 싶은 사람들, 무엇을 해 보고 싶은지조차 잘 모르는 사람들을 위해 첫 번째 문을 흔쾌히 열어 주는 이들이 있다. 그저 기회를 주고 싶은 거라고 말씀하시는 강사님의 옆모습에선 정직하게 가르치는 이의 다부진 활기가 느껴졌다. 나도 언젠가 이런 옆모습을 가질 수 있으면 좋겠다고 생각하며 우리는 치킨집으로 향했다. 아무래도 치킨은 물놀이 후가 제일 맛있으니까.

느적거리다간 조장들에게 밥을 뺏길 뿐
아니라 피터지게 얻어맞았다.

김영권, 『수상한 형제복지원과 비밀결사대』

(행복한나무, 2021)

오늘도 해가 저무는 걸 보면서 노트북 앞에 앉았다. 이 자리에 앉기까지 주말이 통째로 필요했다. 아니지, 주말 전 5일도 필요했지. 아니? 그 전 주도 필요했는데? 미루고 미루면서 스트레스 받는 일이 있다면 당장 해서 끝내라는 금과옥조를 모르는 바 아니지만 인간은 같은 실수를 반복한다. 징할 정도로. 주말 내내 신경이 온통 글쓰기에 쏠려 있으면서도 끝내 모르는 척 느적이다가 발등에 불똥이 떨어지다 못해 캠프파이어를 열어도 될 즈음 자리에 앉는다. 지난 이틀을 잠시 돌이켜 본다. 집을 구역별로 나누어 청소했고, 에어컨 청소 업체를 불러 청소하는 걸 옆에서 지켜보았으며, 밀린 설거지를 했고, 다 읽은 책과 안 읽은 책을 구분하여 블로그에 짧은 리뷰까지 썼다. 학생 때 공부하기 전 독서실 책상을 구석구석 치우던 습관이 어디 가지 않은 거다.

평소엔 남의 고통을 보며 위안 삼는 편이 아니지만 글쓰기만큼은 예외다. 글쓰기가 힘들다는 글만 보면 후다닥 달려가 내적 친밀감을 한껏 쌓는다. 그렇기에 금정연 작가의 『매일 쓸 것, 뭐라도 쓸 것』은 보자마자 사지 않을 수 없었다. 그는 약 여덟 계절에 걸쳐 쓴 이 책을 통해 '써야 하는데 쓰기 싫고 쓰지 못했으며 결국 밤을 새서 썼으나 체력이 달려서 미래가 걱정이다'라고 말한다. (명저인데 이렇게 요약할 수밖에 없어 통탄스러운 마음뿐이다. 금정연을 좋아하는 사람이라면 이해할 것이다.) 심지어 이번 책에서는 다른 작가들의 일기를 가져와 그들이 얼마나 창작 앞에서 괴로워했는지를 살뜰하게도 모아 알려 준다. 내가 금정연 작가의 책을 찾은 마음과 같은 마음으로 모았으리라. 세상의 모든 창작은 똥 빠지게 괴로운 일이구나! 하며 반가워하는 것도 잠시, 그와 나의 차이점을 깨달았다. 그는 마감을 했고, 일곱 번째 단독 저서를 펴내 내가 이렇게 읽고 있다는 점이다. 아흑!

아, 이거 머리 까바지는 거 아녀?

안 그럴 것 같은 사람이 뭘 했다는 이야기를 들으면 크게 매력을 느낀다. 아주 조용한 분이 사실 하드 록을 엄청 좋아한다거나, 말도 행동도 시원시원 거침없는 사람이 알고 보니 귀여운 캐릭터를 좋아한다거나. 그럴 때면 사람이 얼마나 입체적인지, 나는 그 입체적인 사람의 단면을 얼마나 조금만 보고 사는지 깨닫고, 그 사람을 더욱 더 잘 알아 가고 싶다고 생각한다.

나도 누군가에겐 어떤 절대 일은 하지 않는 사람처럼 보일 테다. 이를테면 반 삭발 같은. 그런 내가 지난주에 머리 안쪽 절반을 확 밀어 버렸다. 별다른 이유는 없었다. 머리 숱이 너무 많아 아침마다 머리를 말리기가 무척 곤란했기 때문이다.

미용실 원장님은 수북한 내 머리를 두 손으로 싹 감싸 쥐고선 머리 안쪽을 밀어 보면 어떻겠냐고 물었다. 깜짝 놀라 주저하는 내게 많이들 이렇게 민다고, 정승 씨는 남들 머리 숱의 두 배라 밀어 보면 아주 신세계일 거라고 꼬드겼다. 안쪽을 미는 것이니 머리를 높이 묶지 않는 이상 바람이 세게 불어도 절대 알 수 없단다. 수년째 믿고 헤어스타일을 맡기는 분이라 오래 고민하지 않았다. 그럼 그래 볼까요, 하는 대답이 끝나자마자 바리깡이 뒤통수 중간까지 밀고 올라왔다. 쇼트컷은 해 봤지만 이런 감각은 처음이었다. 밀고 나니 과연 이루 말할 수 없이 시원했고 가벼웠다. 스트레스 받을 때 부들부들한 뒤통수를 나 혼자 살살 쓰다듬어도 좋겠다는 생각이 절로 들었다. 다만 긴 머리카락이 머리 중간 즈음에서 흔들리는 느낌은 정말 이상해서, 혹시라도 바람이 불어 확 하고 까바질까 봐 좀 걱정이다. 까지는 것도 아니고 벗겨지는 것도 아닌 새로운 차원의 고민이다. 그래도 뭐 어때. 남들은 모르는 나만의 시원한 비밀이 하나 생겼다.

"아니요. 오른쪽 가-에 보이십니까?
오른쪽 끄터리에."

다드래기, 『아무튼, 사투리』(위고, 2024)

본가 가는 KTX 옆자리에 모녀 삼대가 탔다. 엄마는 엄마의 엄마에게 엄마의 자식을 가에 앉혀 달라고 했다. 그래야 바깥에 나가기 수월하다고. 엄마의 엄마는 아이를 번쩍 들어 올려 앉히고, 엄마는 부지런히 짐을 정리해 자리에 앉았다. 제법 오랫동안 조용하다 싶던 아이는 한번 울기 시작하자 그칠 줄 몰랐다. 엄마는 빠르게 아이를 데리고 나가서는 한참 돌아오지 않았다. 우는 아이를 허겁지겁 데리고 나가는 부모를 보고 있자면, 나도 괜스레 마음이 쓰인다.

통계청에 따르면 2024 한국의 출산율은 0.68명으로 추정된다. 정부 당국은 저출생의 원인이 어디에 있는지 조금도 눈치 채지 못하는 것 같다. 우리나라는 아이를 '낳아라 낳아라' 하면서도 낳아서 기르는 이들에 대한 존중이 턱없이 부족하다. 육아 휴직은 여전히 쉽지 않고 남성이 육아 휴직을 신청하는 비율은 여전히 한자릿수이며 지하철의 임산부석은 임산부가 아닌 사람들로 자주 만석이다. 갖은 이유로 '노 키즈 존'을 만들고, 미숙한 초보에게 '~린이'라는 단어를 붙여 어린이를 미숙함의 대명사로 호명한다. 아이가 울면 시민 정신을 발휘하는 대신 짜증을 낸다. 아이를 낳으라고 하면서 기를 수는 없게 하는 곳이라면, 내가 눈 감는 순간까지 마음 쓰일 존재를 낳고 키울 엄두가 나겠는가?

소리에 무척 예민한 편이지만 대중교통에서 우는 아이를 가에 앉히려 쩔쩔매는 부모의 얼굴과 땀을 보면 같이 울고 싶어진다. 우리 모두가 조금씩만 더 너그러워지면 좋겠다. 아이에게 너무 딱 잘라 어른처럼 굴기를 바라지 않는 문화면 좋겠다. 자꾸 잊는 사실이지만 우리도 그런 너그러움 속에서 자라 어른이 되었으니까. 아이도, 부모도 모든 게 처음이니까.

낮에는 낮밥 먹었는가 전허고
저녁에는 잘 자라고 전화허고
하루도 안 빼먹고 전화헌당게

박ㅇ숙 어르신, 『큰 딸 자랑』,
목표 북교동 예술인 골목 벽 시

새로운 회사에 정을 어떻게 붙일까. 일에서 보람을 찾는 것도 중요하지만 대수롭지 않게 넘겼던 것들도 의외로 큰 영향을 미친다. 가령 이런 것들이다. 사무실에서 듣는 음악, 키우는 식물, 회사 주변의 산책길 유무, 낮밥 등. 낮밥은 말 그대로 낮에 먹는 밥인 점심을 뜻한다. 낮잠도 낮달도 있는데 낮밥은 왜 이다지도 잘 안 쓰이는지 의아할 만큼 무척 아끼는 사투리다. 점심 먹었냐는 말보다 "낮밥은?"이라는 질문이 익숙했던 내게 서울의 점심은 까끌하게 느껴질 때가 많았다.

휴일의 낮밥은 뭘 먹어도 맛나니 아무래도 상관없지만, 평일에는 낮밥 메뉴를 정하는 데 사활을 건다. 회사에서 잠시 한숨 돌리는 시간이자 오후를 버틸 에너지를 채우는 시간이기 때문이다. 그렇기에 대충 때우기보단 맛있게 먹고 싶다. 나만 그런 마음은 아닌지 점심시간이 가까워지면 회사 메신저 창에는 다채로운 음식 이름이 핑퐁처럼 오간다. 그리고 땡, 한 시가 되자마자 우리는 분연히 자리를 떨치고 일어나 수저를 함께 집으러 간다.

함께 똑같은 수저를 들고 밥을 맛있게 나눠 먹다 보면 앞 옆 동료에게 밥알의 찰기를 닮은 끈끈함을 느낀다. 주 5일, 한 달이면 스무 끼, 일 년이면 200여 끼를 같이 나눠먹으니 '세상에 이런 인연이!' 하는 생각이 절로 드는 관계다. 언젠가 각자의 낮밥을 먹는 날이 오더라도 되도록 이 시절의 밥상이 조금 더 오래 이어지기를 바라는 요즘이다. 이런 말을 하는 걸 보니 이미 회사에 정을 많이 붙였나 보다.

섬을 싸목싸목 돌아보는 모실길을 따라가면
다 만날 수 있다.

「이돈삼의 마을이야기: 솔등해변, 주상절리, 짝짓기나무⋯
소박한 섬마을 정취」『전남일보』(2024.4.4.)

벚꽃 꽃망울을 보며 이제 꽃 좀 보겠네 하고 생각하면 어느샌가 꽃은 간데없고 연한 초록 잎이 돋아나 있다. 올해도 꽃망울만 실컷 보고는 막상 만개한 벚꽃은 보러 갈 시간이 마땅치 않아 포기하려던 차에 동네 친구 K가 제안했다. "아침에 옆 동네로 벚꽃을 보러 가자." 사람들이 벚꽃을 많이 보러 오는 동네라 주말의 꽃구경은 상상만 해도 기운이 쭉 빠졌는데, 아침 벚꽃 구경이라니 기가 막힌 제안이었다. 그렇게 우리는 4월의 어느 토요일 아침 여덟 시에 옆 동네 모실(마실)에 나섰다. 예상보다는 조금 붐볐지만 그래도 느긋하고 조용하게 벚꽃을 즐길 수 있어 매우 탁월한 선택이었다.

우리는 아침 일찍 여는 카페에서 커피 한 잔을 사 들고 동네 길을 싸묵싸묵 걸었다. 산책이 직선으로 여기서부터 저기까지 걷는 느낌이라면, 동네 모실은 그보다 느긋하게 동네를 한 바퀴 휘— 도는 느낌이다. 옆 동네도 가고, 그러다가 친한 이웃도 마주치고. 친구와 나는 회사 이야기와 미래에 대한 고민을 나누다가도 순간순간 눈앞의 것들에 집중했다. 여기 주택가 사람들은 좀 힘들겠다, 저 참새들 너무 웃기네, 날씨 정말 좋다, 벚꽃 잎 사이로 들어오는 빛을 봐라 너무 아름답다 등…….

벌써 벚꽃비가 내리기 시작한 나무 아래서 친구는 속삭였다. "통째로 떨어진 벚꽃은 참새가 꿀을 빨아 먹고 떨어뜨린 거래." 정말 나무에는 참새가 여러 마리 오갔고, 그때마다 벚꽃이 통째로 툭툭 떨어졌다. 혼자였다면 결코 몰랐을 작은 비밀이다. 그리고 생각했다. 내게 이런 걸 알려 주는 동네 친구가 있다는 건 행운이라고. 우리가 언제까지 한동네에서 함께 걷고 먹고 마시게될지는 모르겠지만, 내년 봄에도 함께 벚꽃을 보자며 손가락을 걸고 또 걸었다.

"왜 씻으시는 거예요, 김치를?"
"왜냐믄 근 일 년을 모든 양념에
배어있어가꼬 요게 약간 군둥내가 나."

예능 프로그램 『수미네 반찬』(tvN) 2회

"김치는 잘못 익히면 군둥내가 나거든."

엄마의 말에는 자신감이 차 있었다. 김치 앞에서 자꾸만 작아지는 엄마가 모처럼 김장에 성공했기 때문이다. 우리 집 김장 김치는 매년 이러저러한 이유로(놀랍게도 매 해 다른 이유다) 엄마의 마음에 차지 않았는데, 올해는 김치냉장고 온도를 잘 맞춘 게 승인 같다며 엄마는 무척 흡족해했다. 과연 올해 김치는 신맛이 적당했고 아삭했으며 색 또한 맛깔진 빨강이었다.

김치는 무척 과학적인 발효 음식이라 조금만 잘못 익혀도 군둥내가 나거나 맛이 떨어진다. 김장은 많이 하든 적게 하든 몹시 수고로운 일인데도, 순간의 미묘한 차이가 그해 김치 맛을 좌우한다. 엄마는 매년 김장 전후로 스트레스를 받더라도 사 먹지는 않는 사람이다. 고개를 갸웃하며 아쉽다고 말하면서도 다음 해에 또 힘차게 팔을 걷어붙인다. 예전엔 이런 엄마의 모습에 아무 생각이 없었는데, 머리가 크고 나서 보니 요리를 전혀 할 줄 모르던 사람이 전업주부가 되어 가족을 위해 삼시 세끼를 꼬박꼬박 지어야 했으니 얼마나 고됐을까 싶어 마음이 저릿하다.

'프로 김장러'의 뿌듯한 표정을 보며, 나도 장기를 발휘한다. 맛있게 먹는 일 말이다. 오늘 점심엔 나란히 앉아 내가 제일 좋아하는 엄마의 잔치국수에 엄마는 김치를 쫑쫑 썰어 올려서, 나는 국수 한 젓가락마다 김치 한 점씩 크게 올려 맛있게 먹었다. 이것도 엄마가 김장할 힘이 있을 때, 마음이 동할 때까지만이다. 엄연히 기간 한정 음식인 거다. 이제는 김장을 안 하고 편하게 사 먹으면 좋겠지만, 만약 올해도 하게 되거들랑 엄마의 자신만만하고도 들뜬 목소리를 또 한 번 듣고 싶다.

어깨쭉찌가 매겁시 아퍼야.

이기갑, 『전라도말 산책』(새문사, 2015)

꽤 오랫동안 오른쪽 날개 뼈 아래가 맥없이 아팠다. 처음엔 그러려니 무시할 수 있는 수준이었다가, 통증이 점점 번져서 날개 뼈부터 목을 타고 올라와 뒷통수 아래까지 뻐근하게 나를 짓눌렀다. 사실 맥없이 아픈 건 아니었다. 일할 때 긴장으로 늘 딴딴하게 뭉쳐 있었기 때문이다. 참다못한 나는 미련하게 견디는 대신한 살이라도 어릴 때 치료를 받자 싶어 회사 근처 정형외과로 향했다. (어르신들이 등의 통증을 호소할 경우에는 꼭 큰 병원에서 검진을 받아 보길 권한다. 생각보다 많은 중병이 등에서 발견된다.)

병원에서 나는 대번에 "목이 각목 같으시네요"라며 일자 목 진단을 받았고, 서는 자세부터 틀렸다는 걸 처음 알았다. 세상이 나를 속이는 기분이었다. 그렇게 나는 1년 반 동안 도수 치료와 운동 치료를 병행했다. 도수 치료는 워낙에 비싼 터라 기대가 컸고 딱 그만큼 좋았지만, 운동 치료가 정말 신세계였다. 나는 운동 치료 선생님과 함께 걷는 법과 앉는 법, 눕는 법과 열 개의 발가락을 골고루 써서 제대로 서는 법을 다시 배웠다. 새로 태어나는 기분이었다.

'매겁시'는 '맥없이'를 소리 나는 대로 쓴 말일 텐데, 맥은 줄기 맥脈 자이니 어떤 흐름이나 맥락을 뜻하는 것일 테다. 맥없이 아프다고 여긴 통증에는 맥락이 있었고, 그 맥락을 짚어 내니 통증이 갈수록 조금씩 줄었다. 치료를 마치는 날 생각했다. 교과서에 이런 게 실리면 좋겠다고. 제대로 걷기 앉기 서기, 일자 목 또는 거북 목 방지하는 자세 같은 것 말이다. 10대 때 안경이 멋져보여도 참는 법, 자전거 타기, 목돈 모으기, 세계 경제 지표 읽기도 알려 주면 좋고.

뻐신 오징어럴 쥐 갖고 씹어 묵기가
겁나 힘드네잉.

참외를 좋아하게 된 건 몇 년 되지 않았다. 참외의 뻐신 씨가 싫었고, 어릴 땐 참외를 먹으면 반드시 혓바늘이 나서 그리 먹고 싶은 과일이 아니었다. 어른이 되면 입맛이 변한다던데, 그래선지 최근 몇 해 지독하게 더운 여름을 참외로 달래며 났다. 냉장고 안에 든 노랗고 둥근 모습을 바라만 봐도 더위가 조금 가셨다. 이제 나의 여름은 마트 매대에서 참외를 본 날부터 시작된다. 여름이네, 하는 생각과 친구 P를 동시에 떠올린다. 정확히는 P의 웃음을. 작년에도, 재작년에도, 재재작년에도 그랬다.

여름이 한창이던 어느 밤, P는 메신저로 대화를 나누다가 참외가 먹고 싶지 않냐며 대뜸 지금 참외를 가져다주겠다고 했다. 참외는 나도 충분히 사먹을 수 있거니와 제법 늦은 밤이었고, 무엇보다 P는 멀리 살고 있으니 괜찮다고 마다했다. 그러나 P는 이미 출발한 건지 답이 없었고, 한 시간쯤 지났을까, 전화를 받고 내려가 보니 정말로 P가 서 있었다. 큰 참외 두 개가 든 비닐봉지를 품에 안고는 함빡 웃으면서. 여름의 얼굴이라 해도 좋을 정도로 참 싱그럽게 젊고 무방비한 웃음이었다. 맛있는 시기가 조금 지난 참외라 크기만큼이나 뻐신 씨가 있었지만, 그것마저 꼭꼭 씹어 먹을 만큼 맛이 좋았다.

"아그야! 느그들은 어찌게 그러꼼
올라갔냐?"
호랭이는 있는 성깔 없는 성깔 꾹꾹
눌러가며 그래싼께 그만 중정없는 동상이,
"정재서 도치 갖고 탁탁 찍고 올라왔제"
그러는 거야.

이미현, 『할매가 들려주는 사투리 옛이야기—전라도 편』

(고요아침, 2014)

『해와 달이 된 오누이』를 기억하시는지? 떡을 팔고 집에 돌아가던 엄마를 잡아먹은 호랑이가 기어이 남매도 잡아먹으러 집에 찾아갔다가 썩은 동아줄을 잡고는 그대로 수수밭에 떨어져 죽는다. 오누이는 하늘에서 내려 준 튼튼한 동아줄을 잡고 올라가 오빠는 해가 되고 동생은 달이 되었는데, 밤을 무서워하는 동생을 위해 자리를 바꾼다. 그래서 오빠가 달이 되고 동생이 해가 됐다는 이야기다. 이제는 누가 이렇게 줄거리를 읊어 주지 않으면 잘 기억 나질 않는다.

나무 아래서 느그들은 어떻게 올라갔느냐고 외치는 호랑이의 물음에 오빠는 기지를 발휘해 참기름을 바르고 올라왔다고 거짓말하지만 마냥 해맑은 동생이 그만 부엌에서 도끼로 탁탁 찍고 올라왔다고 말해 버린다. 아뿔싸! 전래동화는 읽는 이로 하여금 손에 땀을 쥐게 하는 장면을 반드시 넣어 긴장감을 바짝 올린 뒤 사필귀정, 권선징악의 정신으로 이야기를 끝내곤 한다.

어른이 되어 다시 읽는 전래동화는 새삼 잔혹하고 살벌했다. 그리고 어릴 땐 생각지도 못했던 의문점을 발견했다. 이 남매는 해와 달이 되기를 바란 적이 없다! 이 결말은 과연 이들에게 해피엔딩이었을까? 엄마는 갑자기 돌아가시고, 해와 달은 계속해서 바통을 주고받는 것이지 온전히 같이 있을 수가 없다. 이 정도면 새드엔딩 아닌지. 내가 다 울고 싶어졌다. 어릴 땐 잘못한 사람이 벌을 받는 결말에 흐뭇하게 책을 덮었는데, 세상만사 백이면 백 바른 길로 돌아가는 결말을 얻는 것이 아님을 아는 어른이 되고 나니 전래동화도 자꾸만 다르게 읽힌다.

요라고 꼬리 달린 연, 간재미같이 생겼다고
그래서 간재미연이라고 그러고.

위평량, 『전라도 말의 뿌리』(북트리, 2021)

초등학교 3학년 때 우리 반으로 교생 선생님이 오셨다. 젊은 선생님이 귀하다 못해 찾아볼 수가 없던 시골 학교였기에 교생 선생님은 걸음걸음마다 큰 관심을 받았고, 얼마간 우리에게는 대스타였다.

그때까지만 해도 수업 시간에 연날리기를 배웠다. 나는 아빠가 만든 연도, 문방구에서 흔히들 파는 연도 아닌 무려 용가리가 그려진 간재미 연을 사 갔다(이 용가리는 심형래 감독의 영화에 나온 그 용가리이다). 연을 무척 잘 날리는 아빠가 미리 알려준 방식으로 연을 날렸더니 내 연이 가장 높이 멀리 날았다. 마음이 꽉 차게 뿌듯해서 남몰래 오지던 마음도 잠시, 애들은 용가리 연이라고 엄청나게 놀려 대기 시작했고, 순간 부끄러웠던 나는 시원하게 하늘을 누비는 용가리 연을 내팽개치고 운동장이 떠나가라 울었다.

종례가 끝나고 집에 가려던 내게 교생 선생님이 작은 쪽지를 주셨다. 꼬깃꼬깃 접힌 쪽지에는 참깨 크기로 이렇게 적혀 있었다. 내 연은 용가리여서 눈에 더 잘 보였다고, 연도 너도 용가리를 닮아 씩씩하고 멋지게 더 잘 날 거라고. 그때의 교생 선생님은 기껏해야 20대 초반이었을 텐데 어쩜 그리 세심하고 다정했을까? 지금의 내게는 아이가 아이에게 쓴 편지처럼 읽힌다. 지금도 한강 등지에서 하늘을 훨훨 나는 연을 볼 때면 그 쪽지가 떠오른다. 언제나 내 마음속에서 가장 높고 멀리 나는 연으로 남은 그때의 작은 쪽지. 분명 좋은 선생님이 되셨을 테지.

지난 세월을 돌아다보믄은 서로 애껴 줌서
살아온 나날들이 아삼삼허이 떠올르고
그립고 그라신답니다.

시사/교양 프로그램 『남도 지오그래피』(광주KBS)

「우리동네 마실 돌기 전남 화순」편

(081)

태어나 나이를 먹기 시작한 지 벌써 30년이 훌쩍 넘었다. 이 정도면 장복長服이다. 나이는 숫자에 불과하다고 여기며 사는 게 여러모로 심신에 좋지만, 그럼에도 생일 무렵엔 나이에 대해 골똘히 생각하게 된다. 나이를 먹는다는 건 뭘까? 입안에서 오래 굴려온 물음이지만 선명하게 떠올린 답은 아직 없었다. 그러던 어느 날 크게 깨달았다. 나이를 먹는다는 건 기억 속에만 머무르는 사람들이 하나 둘 늘어가는 거라고.

얼마 전에는 영화를 보러 갔다가 시간이 남아 근처 카페에 갔다. 자리에 앉아 고개를 딱 들었는데, 맞은편에 내가 참 좋아했던 대학 선배와 너무 닮은 사람이 앉아 있는 게 아닌가. 선배를 못 본 지도 벌써 10년이 다 되어 가는 터라 그분이 눈치 채지 못하게 보고 또 봤다. 선배인 것 같아서, 그러면 정말 반갑게 인사를 건네고 싶어서. 어떻게 지냈느냐고, 시간이 벌써 이렇게 흘렀다고 말하고 싶었다.

결론을 말하자면 그는 선배가 아니었고, 아닐 수밖에 없었다. 나는 10년 전의 선배와 닮은 사람을 보고 선배라고 생각한 것이었다. 이들은 내 기억 속에서 더는 나이를 먹지도 슬퍼하지도 않고, 공일오비의 노랫말처럼 주름살이 하나둘씩 늘어갈 내 모습도 볼 수 없다. 기억 속에 건강히 살아 있는 이들이 문득 아삼삼허이 떠오르곤 한다. 삶이라는 길 위에서 만나 잠시나마 함께 걸을 수 있어 기쁘고 고마웠던 사람들.

금메마다 달은 안늘근디 어찌 사람은
이라고 못 쓰게 되끄나이

조정, 『그라시재라, 서남 전라도 서사시』(이소노미아, 2022)

상대의 말을 귀 기울여 듣고 사투리로 공감하는 순간이 좋다. '금메마다'는 그러게 말이다라는 뜻인데, 이 외에도 공감의 표현은 무척 다양하다. 긍께, 아따 내말이, 이, 그려, 긍께로, 그라제, 근당께, 그러세, 알았네, 그래보드라고…….

　　최근엔 여느 때보다 타인의 말을 더욱 성심껏 듣는 날을 보내고 있다. 한국문학번역원에서 제작하는 웹 콘텐츠 '북포유'에 참여하고 있어서인데, 이 프로그램은 지구촌 곳곳에 있는 한국문학 독자들의 사연을 받아 그에 맞는 소설과 시를 권한다. 내가 소설을, 김상혁 시인이 시를 맡았다. 사랑이 주제였던 작년에는 자신의 성 정체성을 이제야 깨달은 무성애자의 혼란, 돌아가신 아버지가 문득 생각나 사무친 그리움, 결혼을 앞두고 여러 생각이 얽힌 복잡함 등 갖가지 감정이 담긴 사연이 쏟아졌다. 올해의 주제는 '길티 플레저'로, 죄책감을 느끼면서도 끊을 수 없는 일에 대한 사연들이 속속들이 도착했다. 이들의 고민을 받아 들면 나는 '아따 고생 많았겠소. 나가 함 알아보드라고'라고 속으로 외친 뒤 꼭 맞는 한국 소설을 찾기 위해 한 권 한 권 읽어 나간다.

　　사는 나라, 살아 온 정서가 다르기에 내가 공감할 수 있을까 걱정했던 것도 잠시, 그들이 보내 온 고민은 내가 반드시 한 번은 해 본 고민이거나 앞으로 할 것 같은 고민이었다. 책은 혼자가 아니라는 걸 알기 위해 읽는다던 말처럼, 같은 고민이 쓰인 책이 한 권씩은 꼭 있었다. "히야, 어쩜 이라고 딱 맞는 책이 있대!"

　　얼굴이 송출되는 건 여전히 무척 쑥스러운 일이지만, 사연을 보낸 이가 영상을 통해 위로받는다 생각하면 마냥 기쁘다. 우리는 만나지 않고도 만난 사이가 된 것이다. 좋은 한국문학이 있어서, 그 작품들을 잘 읽고 다른 사람에게 뜻깊게 소개할 수 있어서 마음 벅차게 좋다.

당신 생각으로 선뜻 앓던 신열
단칸방 같은 맘으로 속 끓이며
당신 생각으로 날마다 불똑하여
어쩔 수 없는 그리움 짜구나겠네

최재선, 「그리움 짜구나다」, 『내 맘 어딘가의 그대에게』
(인간과문학사, 2018)

'짜구나다'는 배가 터질 듯이 먹어 탈이 나다라는 뜻이다. 이 단어로 설명 가능한 시절이 있다. 바로 10대. 운동화도 튀기면 맛있다는 말도 10대가 하면 정말 튀겨 먹어 본 것처럼 느껴질 정도로 그맘때의 식욕은 견줄 데가 없는 듯하다. 간식을 나눠 먹느냐 마느냐가 우정의 바로미터였고, 학교에선 옆 반 남자애가 근처 국밥집에서 공깃밥 열 그릇을 먹었다는 소문이 돌았다.

하지 말라면 더 하고 싶고 먹지 말라면 더 먹고 싶은 법. 외부 음식 반입이 금지되었던 기숙사는 온갖 산해진미를 만날 수 있는 곳이었다. 우리는 미리 시켜 둔 닭강정을 각자 가진 USB 선을 연결해 3층 기숙사 창문으로 받아 먹었고, 침대 사이에 간식을 숨겼으며 모두가 집에 다녀온 일요일 저녁이면 방마다 갖가지 메뉴로 파티를 열었다. 내 방이 아닌 다른 방에 초대받아 갈 때면 음식 한 입에 진한 소속감 한 입을 끼얹어 먹는 기분이었다.

이제 이 시절을 떠올리면 숨 막히던 학업 스트레스는 희미하게 멀어져 가는데 당시 먹었던 음식은 오늘 저녁 메뉴처럼 선명하다. 붕어싸만코를 먹다가 학생 주임 선생님한테 걸려서 교무실로 불려 갔던 일, 화이트 크리스마스에 짜장면 먹으려고 현금을 뽑으러 갔는데 기계가 카드를 먹어 버린 일, 옆 남자 반에서 "어제 뭐시기 식당에서 뭐 먹고 설사한 사람?"이라고 크게 묻던 보건 선생님의 목소리, 그 질문에 큭큭 웃고는 아무렇지 않게 같은 식당에서 같은 메뉴를 시켜 먹던 우리 여자 반. 근처 식당의 좋지 않은 위생과 더 좋지 않은 스트레스의 연합은 우리를 자주 짜구나게 했지만, 그땐 같이 아픈 것도 웃기고 재밌었다. 그때의 친구들과 다시 한번 같은 음식을 먹을 수만 있다면, 또 짜구난다 하더라도 기꺼이 먹을 거다. 아마 나만 그런 건 아닐 테다.

내 스스로 대본을 써 가지고 이 자리에서
개안하게 찌크러 브렀지라.

시사/교양 프로그램 『개인사편찬위원회』(전주MBC)
「또랑광대는 내 인생, 사투리대회 초대여왕 오점순」편

정말 잘 해내고 싶다는 마음을 먹으면 완전히 말아먹는 스타일일인 나는 크고 작은 행사에 참여할 때면 '못 해도 별수 없다'라는 생각으로 임한다. 하지만 『아무튼, 드럼』 북토크는 달랐다. 정말 잘 해내고 싶었고, 그런 마음으로 끝내주게 잘 해낸 행사는 삼십 평생 이날이 처음이었다. 60명의 관객들 앞에서 세 곡을 드럼으로 연주했고, 책에 관한 이야기와 나의 사적인 이야기를 막힘없이 풀어냈다. 호의와 사랑이 모인 자리여서 가능했을 테다.

드럼 선생님은 내게 당일에 무대에 서면 아무것도 안 보이고 안 들릴 수 있다고 말하셨는데 정말 그랬다. 그날의 관객 얼굴은 그때부터 지금까지도 아스라이 잡힐 듯 잡히지 않는다. 내가 나로 온전히 선 시간을 지켜보고 축하해 주러 온 사람들. 크리스마스를 앞둔 평일 저녁에 그 많은 사람들이 모인 게 두고두고 신기하고 감사하다. 그날 이후로도 잊을 만하면 행사날에 대한 후기를 듣곤 했다. 그때 참 좋았다고, 한 해를 잘 매듭짓는 느낌이라 힘이 났다고, 정말 재밌었다고 말이다. 그럴 때면 나는 쑥스러워서 말을 자꾸만 다른 데로 돌리기 바빴는데, 사실 그때 받은 사랑이 내 평생의 자부심이 되리라는 걸 진작부터 알았다. 그날의 기억은 책이 나온 다음 해에 안식년을 보내는 동안에도 일상 곳곳에서 힘이 되었다. 너 그런 행사도 멋지게 잘 해냈던 사람이야, 너 정말 많이 사랑받은 사람이야,라고.

지금도 가끔 시원하게 내질렀던 그날의 대화와 리듬, 음표와 킥을 떠올리곤 한다. 대화를 하고 연주했다기보단 정말 저질렀던, 그간 잘 모아두었던 걸 시원하게 찌끄렸던 순간이었다. 책을 함께 만든 출판사와 읽어 준 독자분들 덕에 상상할 수 없는 곳까지 잘 다녀왔다. 그때 축하해 준 이들에게 좋은 일이 생길 때면 나도 언제든 달려갈 준비가 되어 있다. 시간과 마음을 내어 축하를 씨원하게 찌끄러볼 준비가 완벽히 되어 있다.

사람이 살다 보면 나쁜 일보다 좋은 일이
많애라. 존 일만 보고 삽시다.

황풍년, 『전라도, 촌스러움의 미학』(행성비, 2016)

한 해 한 해 완연한 어른으로 접어들며 화를 덜 내게 된다. 누군가는 화를 낼 에너지가 없어서라고 하지만(이 또한 사실이다), 그보단 이해할 수 있는 일이 더 많아져서인 것 같다. 이해심이 갑자기 바다처럼 깊어지진 않아도 이런저런 일을 하고 이런저런 사람을 만나다 보면 이해의 가짓수가 늘어난다고 해야 할까. 그리고 돌이켜 보면 어떤 시기든 배울 점은 있었다. 비록 그게 몹시 후지더라도. 확실히 나는 전보다 마음이 많이 편안하다. 나이 먹는 건 딱히 기대되지 않지만 갈수록 더 편안해질 마음만은 기대가 된다.

그런 점에서 93세 박앵진 할머니가 하신 말씀이 참 좋았다. 93년씩이나 살아온 사람이 그래도 삶에는 좋은 일이 더 많다고, '존 일'만 보고 살자고 하는 말은 삶에 기대를 걸게 한다. 문득 『에디토리얼 씽킹』이라는 책에서 읽은 한 구절이 생각났다. '의미의 최종 편집권은 나에게 있다'는 말이었다. 삶은 데이터의 축적이 아닌 편집 결과의 축적이기에 현실이 달라지지 않아도 다른 의미를 부여하면 다른 현실을 살 수 있다는 의미다. 할머니는 이미 인생의 편집권을 아주 잘 써 오셨을 것 같다.

이제 알겠다. 나는 단순히 나이를 먹어서 화가 줄어든 게 아니라, 내가 어찌할 수 없는 상황을 받아들일 때 화 대신 다른 걸 선택하고 있었다. 내 인생의 편집권을 조금씩 더 적극적으로 사용하고 있는 것이다. 아직은 군더더기가 많은 편집이지만, 편집도 하면 할수록 늘 테니 언제든 다시 펼쳐 읽고 싶게끔 내 삶을 잘 편집할 수 있겠지. 앞으로 기대되는 일이 하나 더 늘었다.

어떤 단어를 사랑한다면, 사용하라.
그러면 진짜가 된다.

홍한별, 『아무튼, 사전』(위고, 2022)

번역가 홍한별이 쓴 『아무튼, 사전』에는 존 코니그라는 사람에 대한 이야기가 나온다. 시인인 그는 『불분명한 슬픔의 사전』*The Dictionary of Obscure Sorrows*이라는 책을 썼다. 적당한 단어가 없거나 뭐라고 해야 할지 몰라 표현할 수 없던 감정들을 나타내는 단어를 새로 만들어서 소개한 책이다. 존 코니그는 어느 날 자신의 웹사이트에서 "이 단어들은 진짜인가요, 아니면 만들어 낸 건가요?"라는 질문을 받았고, 그는 진짜이면서 내가 만들어 낸 단어라고 답하며 옥스퍼드 사전 편찬자 에린 매킨의 말을 인용한다. "어떤 단어를 사랑한다면, 사용하라. 그러면 진짜가 된다"라고.

'유유지다'라는 단어가 있다. 처음 듣는 사람들이 많을 테다. 당연하다. 『아무튼, 사전』을 쓴 저자의 집에서만 쓰는 단어니까. 아이들이 슬픔을 표현할 때 쓰는 단어라고 한다. '씩스바리'라는 단어도 있다. 친구네 집에서 연달아 웃음이 터지는 걸 가리키는 말이란다. 우리 집에는 '안녕세요'라는 단어가 있었다. 어릴 때 동생이 말을 배우면서 꼭 '하'를 빼놓고 동네 어르신들에게 인사를 하러 다녔기에 가족들이 함께 쓰던 말이다.

가족, 친구, 연인 등 친밀한 관계에는 늘 '우리'만이 아는 단어가 있다. 그 단어는 때론 너무 쑥스럽고 때론 문법상 틀려서 남들에게는 통용되지 않는다. 그렇지만 그 단어를 아는 관계 안에서만큼은 뜨겁게 살아 숨쉰다. 그런 단어를, 사전에 없으니 세상에 없는 말이라고 어느 누가 말할 수 있을까?

사투리도 마찬가지다. 표준어가 아니라는 이유로 사전에 등재되지 않았을 뿐 사투리는 수백 년 동안 구전되어 쓰이고 있다. 우리가 할 일은 사투리를 '고치려' 하지 않고 계속 쓰는 일이다. 사투리를 사랑한다면, 사용하라. 계속 써야 사라지지 않는다.

"팽야(어차피) 일기 쓰기가 내 추미(취미)"

「40여년간 일기 써온 김두석 할아버지—전남 강진」

『농민신문』(2012.3.28.)

나에겐 '결혼식 하객 룩'이랄 옷이 따로 없다. 그만큼 주변의 결혼 소식이 드문 편인데, 지난 초봄에 무척 사랑하는 친구가 결혼했다. 이로써 내가 부부의 연이 닿도록 중신을 선 커플은 두 쌍이 됐다.

혼자서도 잘 사는 친구를 붙잡아 내 고교 시절 친한 친구의 친한 형을 소개할 때만 해도 어린 나이였기에 결혼까지는 생각지 못했는데, 이런 잔칫날이 올 줄이야! 첫 번째로 이어준 커플이 결혼할 때 엄마는 "사람 인연을 잇는 일이란 쉬운 게 아닌데 덕을 쌓는다"며 감탄하더니, 이번엔 "중이 제 머리 못 깎는다더만……." 하며 말을 아끼셨다. 머리야 깎으면 좋고 안 깎아도 그만인 나는 그저 기쁘게 친구의 결혼식장으로 달려갔다. 평소와 다름없이 팽야 똑같은 블라우스와 모처럼만의 결혼식 전용 구두를 신고서.

결혼식은 무척 친구다웠다. 친구는 지혜롭고 배려심 넘치면서도 또 어느 부분에선 무던하고 군더더기가 없는데, 결혼식도 마찬가지였다. 너무 크지도 작지도 않은 규모에 친구 부부를 진심으로 축하해 줄 사람만 초대한 느낌이었다. 샤이니의 오랜 팬인 친구는 이미 반년 전에 결혼 행진곡으로 『산소 같은 너』를 함께 골라 두었고, 내게 부케를 받아 달라고 부탁했다. 부케 받는 일의 의미를 모르는 바 아니지만 경삿날 뭐라도 한자리하고 싶어 기쁘게 수락했고, 깨끗하고 단정한 카라 부케를 받았다.

혼자 잘 살던 사람이 둘이서도 잘 산다는 말을 믿는다. 매년 함께 가던 여행을 비롯해 우리는 여러 변화를 겪겠지만, 틈새를 노려 봐야지. 친구의 기쁜 날에 증인이 될 수 있어 무척 행복했다.

아이고 나는 암시랑토 안해부러.

유튜브 『광주영어방송』 채널, 「전라도 사투리 타임」

대학생 시절 무등산에 오른 적 있다. 그것도 무려 설산에. 방학을 맞아 남도학숙 언니 오빠들을 광주에서 만나 놀기로 한 것이다. 무등산에 가 보겠느냐는 제안에 선뜻 가겠다고 했는데, 내가 얼마나 말도 안 되는 그룹에 끼었는지 출발 당일에야 깨달았다. 체대생 오빠와 친구, 지리산 종주를 하는 언니 그리고 나. 등산이라곤 해 본 적 없으니 엄마 등산화를 빌려 신었고, 아이젠도 없이 등에 마땅한 가방도 메지 않고서 출발했다. 무사히 내려와서 이 글을 쓰고 있으니 망정이지 위험천만했다는 건 나중에야 알았다.

너무 힘들어서 중간에 헬기를 부르고 싶은 심정이었지만 어느 지점부터는 설산의 아름다움이 눈에 들어왔다. 장갑에 내려앉은 눈의 육각 결정체 하며, 눈이 시리도록 흰 나무들을 마음의 셔터를 눌러 꾹꾹 담았다. 등산은 참 좋은 것이라며 빠르게 태세를 전환해 하산하던 길, 나의 등산화 밑창이 점점 늘어지더니 아뿔싸! 마침내 전개도처럼 활짝 펼쳐졌다. 너무 오래 안 신어서 신발장에서 그대로 삭아 버렸던 거다. 그때는 무엇이든 깔깔 즐거워, 그 상황에서도 등산화 끈이 긴 것에 감사하며 어찌저찌 동여맸다. 암시랑토 않은 상황이었다.

'암시랑토'는 아무렇지 않다, 괜찮다는 뜻으로 '암시랑'이라고도 말한다. 이 단어의 포근한 발음이 사랑스럽다. 뭐랄까, 토끼의 보드라운 등도 생각나는 것이 이 단어를 입에 올릴 때면 정말로 아무렇지 않은 기분이 된다. 그 기분처럼 정말로 아무렇지 않게 내려왔다. 솔찬히 힘들고 솔찬히 오졌던 날. 등산을 전혀 즐기지 않는 내게 그날의 설산은 지금까지도 쏠쏠한 이야깃거리이자 큰 자랑이다.

서울 강원부터 경상도
충청도부터 전라도
우리가 와불따고 전하랑께
우린 멋져부러 허벌라게

방탄소년단 노래, 『팔도강산』

국적이 다른 멤버를 다양하게 영입해 데뷔하는 게 당연해진 요즘, 유난히 각 멤버의 출신 지역을 음악에 잘 드러낸 아이돌이 있다. 이제는 명실상부 "두 유 노 BTS?"가 된 방탄소년단이다. 방탄소년단의 멤버들은 대구, 광주, 부산, 일산 출신으로 각자의 지역 정체성과 뿌리를 자랑스럽게 잘 녹여 낸 노래를 여러 곡 불렀다. 2013년에는 사투리의 멋을 예찬하는 『팔도강산』, 2014년에는 한 여자를 두고 광주와 부산 남자가 치열하게 꼬드기는 『어디에서 왔는지』, 2015년에는 자신이 나고 자란 고향을 그린 『마 시티』를 냈다. 그들이 한창 이런 곡을 내던 시기는 지역 감정을 부추기는 일이 교묘하고도 빈번하게 이루어져도 내가 가진 언어가 없어서 제대로 받아치지 못하던 때였다.

방탄소년단의 멤버들은 각자 고향의 사투리를 써서 맛깔난 랩을 구사한다. 네이티브의 억양은 확실히 다르고 차져서 듣는 내내 웃음이 났다. 『팔도강산』 끝부분에서 일산 출신의 RM은 이렇게 말한다. "Why keep fighting 결국 같은 한국말들 (…) 전부 다 잘났어 이렇게 마주한 같은 하늘 (…) 말 다 통하잖아?" 정치권에서도 못한 지역 대통합을 노래 한 곡에 담아 내다니! 이게 말로만 듣던 아이돌의 '선한 영향력'이구나 싶었다.

RM은 『마 시티』에서 "내가 나를 잃는 것 같을 때 그곳에서 빛바래 오래된 날 찾"는다고 말하고, 제이홉은 "모두 다 눌러라 062-518"을 외친다. RM의 가사는 일산의 상업 지구인 라페스타나 후곡 학원촌을 전혀 몰라도 같은 향수를 느끼게 한다. 제이홉의 외침에는 해외 팬들이 먼저 반응해 저게 무슨 뜻이냐고 궁금해하며 5·18광주민주화운동에 대해 공부하고 함께 기렸다고 한다. 지역과 언어, 국경을 다 가뿐히 뛰어넘는 노래의 힘을 다시 한번 느낀 순간이었다.

우게가 나야 된디 안 나븐게 그러제.
내가 세수를 할 때는 손이 여까지
올라가브러.
이렇게 올라가야 된디 세수를 허면 손이
올라갈 때까지가 얼굴이거던?
근디 여까지 올라가븐께 여까지 얼굴이여.

예능 프로그램 『좋은 세상 만들기』(SBS),

「전남 나주 토계마을」편

초등학생 때 토요일 저녁이면 온 가족이 모여 보던 프로그램이 있다. 바로『좋은 세상 만들기』다. 리포터가 전국 방방곡곡 시골을 찾아가 그 지역을 홍보하고 동네 주민들을 인터뷰하는 내용이다. 프로그램의 핵심 코너는 '고향에서 온 편지'였는데, 카메라 앞에 어색하게 선 채 자식들을 하나하나 호명하며 영상 편지를 띄우는 어르신들의 모습이 너무 귀여워 웃음이 났다. 끝에는 꼭 연락이 두절된 자식을 찾곤 해서 눈물 바람과 공감을 불러일으키는 등 IMF로 힘들었던 당시 국민들에게 큰 위로와 온정을 주었다.

1998년도 전남 나주시 편에는 '빛나리' 아저씨가 등장했다. '빛나리'는 머리 숱이 아주아주 적은 사람들을 놀리던 옛 유행어다. 탈모로 고생 중인 아저씨는 탈모약을 아무리 써도 영 소용이 없더라며, 제작진이 옆머리만 더 난 것 아니냐고 놀리자 어디까지가 얼굴인지를 호탕하게 설명한다. 손이 "여까지 올라가븐께 여까지 얼굴이여"라고. 돈도 쓰고 기대도 잔뜩 했을 텐데 아저씨는 그저 허허실실이다. 죄송스럽게도 아저씨의 심각한 말씀에 얼마나 웃었는지 모른다. 아저씨는 옆에 있던 다른 빛나리 아저씨와 함께 "빛나리 파이팅!"이라며 인터뷰를 마쳤다. 다른 건 몰라도 두 아저씨의 웃음만큼은 눈이 부시게 빛났다.

사람들은 몸이 대아도
가을이 대면 마음은 부자다
가을이 조타

박연심, 「가을농사」, 『할매들은 시방』

(정한책방, 2020)

이 시는 평생 밭을 일구며 살아온 할머니가 쓰셨다. '몸이 대다'는 몸이 고되다는 사투리 표현이다. 농사일에 '몸이 대'지만 '가을이 대'면 마음이 풍성해진다는 할머니의 시에선 분명한 리듬감이 느껴진다.

나는 농사 하면 늘 큰아빠, 큰엄마가 생각난다. 전남 구례군에서 평생 농사일을 하신 두 분. 큰아빠와 아빠는 나이 차가 무려 열아홉 살이나 난다. 할아버지와 할머니가 모두 일찍 돌아가셔서 엄마 아빠 결혼식 사진을 보면 혼주석에 큰엄마 큰아빠가 앉아 계신다. 실제로도 부모님 역할을 하셨기에 나 또한 조부모님의 빈자리를 크게 느끼지 않으며 자랄 수 있었다. 우리 가족은 명절이면 당연하게 큰집으로 향했고, 집에 돌아오는 차 트렁크엔 언제나 음식이 가득 찼다. 베개처럼 베고 자도 될 듯 수북한 인절미, 유감스럽게도 늘 맛이 없던 과일들, 닭고기 볶은 걸 좋아하는 나를 위해 넣어 둔 삶은 닭……. 그 옆에는 때마다 논밭에서 일군 것들도 함께 실렸다.

큰엄마는 체구가 무척 조그맣고, 너무 오래 숙이고 일하신 탓에 일찍 허리가 굽었다. 큰엄마가 한쪽 무릎을 세워 쪼그리고 앉아 계신 모습을 보면 저대로 접혀 사라질 것만 같다. 그런데도 큰엄마는 이제껏 한 번도 대다는 소리를 하신 적이 없다. 어떻게 그 작은 체구에서 대다는 푸념 한 마디 없이 논밭을 일굴 힘이 나올까. 이제 농사일에서 손을 좀 떼시면 좋으련만, 한 귀로 흘리시는 걸 보니 아직은 어림없어 보인다.

"아버지가 엥간했어야제"라며 핀잔을
늘어놓자 "난 다 네들 교육 때문에"라며
티격태격하는 부자를 보니 끼어들면 안 될
흑백사진 속에 들어온 것 같다는 착각이
들었다. 그리고 나도 집에 가고 싶어졌다.

김동하 외, 『사라지는 것들에 기대다』
(심미안, 2020)

인생의 큰 변화는 이마에 써 붙이고 다가오지 않는다던데. 서울로 대학 원서를 낼 때가 그랬다. 삶의 터전을 통째로 옮기는 일에 대해 큰 고민도, 망설임도 없었다. 내가 대단히 용기 있는 사람이라서가 아니라, 그게 부모님과 15년 가까이 떨어져 사는 일의 시작일 줄 꿈에도 몰랐기 때문이다. 당시 엄마는 못내 아쉬워하면서도 내가 살 하숙집을 알아보고, 같이 살 친구의 부모님과 여러 번 통화를 해 가며 말끔히 정돈된 하숙집에 나를 들여보냈다. 그때 부모님의 마음은 여전히 잘 알지 못한다. 물어보면 분명 울 것이기에 물어본 적도 없다.

서울에서 사귄 대학 동기들이 "저녁에 엄마랑 만나서 밥 먹고 들어가기로 했어" "아빠가 어제 퇴근길에 사 오셨어" 같은 이야기를 할 때면 남몰래 부러운 마음이 들었다. 불과 얼마 전만 해도 부모님의 관심이 간섭 같았는데 서울에 오고 나니 부모님의 품에서 벗어난 것이 큰 결핍 같기만 했다.

그래서 엥간하면 달에 한 번은 꼭 집에 갔다. 3일이 3분 같아서 욕심내서 며칠 더 머무르면 반드시 엄마와 싸웠다. 나를 어떻게든 더 챙겨 주려는 엄마와 한사코 마다하는 딸 사이의 실갱이였다. 그래도 좋았다. 적당히 떨어져 있으니 쓸쓸함만큼이나 애틋함도 커졌다. 떠나야만 이해할 수 있고 보이는 것들이 있었다.

이제 한 2년 정도만 지나면 부모님이 나를 키워 낸 세월과 내가 나를 키워 낸 세월이 같아진다. 부모님은 눈 감는 그날까지 나를 키울 것이기에 세월이 같아진다는 말은 따지자면 틀린 표현이지만, 그래도 생각한다. 내가 키운 내가 부모님 앞에서 떳떳하고 자랑스러우면 좋겠다고. 그러려면 내가 발 디딘 이곳에서 늘 잘 살아야 한다고 말이다.

깡깡한 얼음장 밑으로 흐르는 물이
더 따뜻하듯이

김용락, 「2월 오면」, 『기차 소리를 듣고 싶다』(창비, 1996)

서점에서 오래 일하다 원단 회사로 이직했다. 뜻한 대로 업계를 바꿨는데, 뜻밖에도 패션 업계였다. 그럼에도 결정이 어렵지 않았던 건 원단은 세상 어디에나 있고 몸과 마음을 감쌀 수 있다는 점이 책과 꼭 닮았다 느꼈기 때문이다. 실제로도 여러 업계와 다방면의 협업이 가능한 곳이어서, 전에 같이 일했던 누군가와 다시 만나 새롭게 일하는 상상을 종종 했다. 그 상상은 현실이 됐다. 첫 주인공은 영화 관련 도서를 오래 만들어 온 Y님이었다.

Y님이 우리 회사에 찾아온 이유는 '티켓 홀더' 제작을 의뢰하기 위해서였다. 티켓을 꽂는 꽤 단순한 구조지만, 보통 PVC나 가죽을 사용해 만드는 티켓 홀더를 패브릭으로 만든다는 것 자체가 신선하고도 도전적인 발상이었다.

미팅을 마친 우리는 회사 근처 맛집에서 냉면과 만두를 먹고, 태극당이라는 오래된 빵집에서 유명하다는 아이스크림 모나카도 먹었다. 모나카는 몹시 깡깡해서 와그작 힘껏 씹었다면 정말 이가 나갈 뻔했다. 선명한 잇자국을 보면서 우리는 함께 웃었다. 전에 만나던 동네가 아닌 새로운 동네에서 다시 만나 새로운 일을 도모하고선 함께 지하철을 타고 집에 돌아가는 모습이 새삼 낯설게 느껴졌다.

새 업계, 새 회사에 적응하느라 늘 깡깡한 얼음판을 딛는 것 같았다. 회사를 좋아하는 마음이랑은 별개로 늘 긴장 상태였는데, Y님의 의뢰 덕에 그 얼음판에서도 우뚝 서서 씩씩하게 걸을 용기가 생겼다. 첫 협업은 아쉽게도 다음을 기약하게 되었지만, 다음에 다시 만날 땐 얼음판에서 내려와 걷기 수월한 길을 즐겁게 걷고 있을 테고 우리는 또 호기심에 상기된 채 재미있는 일을 구상해 보리라.

김선상, 쩌그 욱에서 모도 모태각고 핵교별로
성적 공개하고 대책회의를 헌단디.

「전라도 사투리 어디까지 알고 있니…나의 전라도력은 얼마?」
『금강일보』(2020.7.13.)

동네 기반의 중고 거래 앱 '당근'을 무척 좋아한다. 한동안 어찌나 재미 들렸던지 집에 있는 안 쓰는 물건을 신나게 팔았는데, 엄마 눈에는 딸내미가 돈이 궁해 살림살이를 죄다 내다 파는 걸로 보였는지 용돈을 보내 주신 적도 있을 정도다.

당근을 좋아하는 이유는 여러 가지지만, 그중에서도 '한 동네 이웃들과 거래한다'는 점이 가장 마음에 든다. 나만 봐도 그렇다. 사기에 대한 불안이 크게 줄었다. 또 '이게 팔린다고?' 싶은 굉장히 사사로운 것들이 거래로 오간다는 점도 좋다. 하지만 무엇보다 사람들이 서로 함부로 하지 않는다는 점이 가장 좋다. 물론 이상한 사람도 있지만 그런 사람은 어디에나 있으니 차치하고, 거래 후에도 동네 어디서든 마주칠 수 있다고 생각하면 팔 물건의 상태를 한 번 더 꼼꼼히 점검하게 된다. 말투도 그렇다. 이상한 사람들을 먼저 거르느라 심히 건조하게 응대하던 때와는 달리 조금 더 살갑게, 내 평소 말투에 가깝게 상대와 대화한다. 그래선지 정말 기분 좋은 거래를 많이 했다. 팔 물건을 가지고 나갈 때 집에 있는 귤 하나, 티백 하나라도 더 챙겼고, 어떤 한여름엔 상대방이 내게 캔 음료를 건네기도 했다. 밤늦은 시간 거래할 때는 서로 조심히 들어가시라는 말도 잊지 않았다.

얼마 전 거래할 때는 나도 야근, 상대방도 야근이라 "서로 퇴근 때 연락하기로 해요"라며 원래 알던 사이처럼 메시지를 주고받았다. 지하철역 앞에서 그를 기다리는데 쩌그서부터 두리번거리며 오는 사람이 보였다. 내게 말했던 대로 베이지색 후드티를 입은 걸 보니 분명 나를 찾는 것이리라. 거래를 마친 우리는 "오늘 하루도 정말 고생 많으셨어요. 파이팅입니다!"라며 헤어졌다. 나에게선 쓰임을 다 한 물건이 좋은 주인을 만났다는 느낌이 들었다. 손은 비우고, 마음은 꽉 찬 채로 집에 돌아왔다.

언니 꼿발 딛고 설거지해요?

예능 프로그램『나 혼자 산다』(MBC) 314회

지금 사는 집에 이사 온 지도 햇수로 3년이 됐다. 집도 첫눈에 내 집인지 아닌지 알아본다던데, 그 말마따나 나도 이 집에 첫눈에 반해 바로 계약을 했다. 해가 잘 들고 학교 운동장이 보이는 창가 쪽에 테이블을 둬야겠다고 생각하며 계약서를 썼다. 각이 진 가구는 어쩐지 내키지 않아 큰맘 먹고 월넛 색상의 둥근 원목 테이블을 샀고, 거기에 맞춰서 의자와 책장과 침대를 사들였다. 나는 이 창가에서 두 권의 책을 썼고, 숱한 끼니를 해결했으며 많이 울고 웃었다. 혼자만의 집이 생기고 나서야 보이는 것들이 있었다. 가구나 이불, 그릇 등에 대한 나의 취향, 쉴 때의 내 모습, 삶에 만족을 느끼는 순간 등. 전에는 도통 알기 어려웠던 것들이다.

창밖으로는 사계절이 착실히 다녀갔다. 운동장에서 뛰노는 아이들 웃음소리, 비 오는 날의 가로등 불빛, 학교 담벼락을 둘러싼 계절 꽃들, 아직 아무도 밟지 않은 새벽 첫눈 등을 보면서 잘 살고 있다는 생각을 자주 했다. 먼 풍경을 보기 위해 뒤꿈치를 힘껏 들어 꼿발을 디딜 필요도 없이 테이블 앞에 가만 앉아 있기만 하면 되었다.

그러던 어느 여름날 무심히 학교 옥상을 올려다봤는데, 세상에나. 해바라기가 빼꼼 얼굴을 내밀고 있는 게 아닌가. 탐스러운 노란 해바라기가 꼿발을 딛고서 운동장 쪽을 내려다보고 있다. 그해 여름은 더워도 창문을 열어 두고 울창한 매미 소리 속에 그 해바라기를 열심히 바라봤다. 그다음 해도 해바라기는 착실히 얼굴을 비췄고, 올해도 드디어 이파리가 빼꼼 솟아올랐다. 마음이 부자가 된 기분이란 이런 거구나. 올해도 해바라기 모양을 한 여름의 행복이 찾아왔구나. 자연의 착실함에 겸허함과 감사함이 밀려왔다. 아무래도 당분간 이사는 그른 일 같다.

"야야, 쪼매 인나야 쓰겄어."
"아, 왜 그려, 나 디게 졸린디."

한열음, 『민주의 방』(현대경제신문사, 2024)

금쪽같은 주말 이틀은 '인나'라고 외치는 알람이 없는 날이다. 자고 싶은 만큼 자고서 허리가 아파 겨우 눈을 뜰 때면 몸은 찌뿌둥하지만 마음이 그렇게 흡족할 수가 없다. 원래도 누워 있는 걸 좋아했지만 요즘엔 주말마다 본격적인 '와식' 생활을 누린다. 침대를 제외한 집의 모든 공간이 쓸모없는 것 아닌가 싶을 정도로 말이다. 금요일 퇴근길에 중요한 약속이나 기타 등등의 일을 처리하고 귀가해 현관을 열면 이틀은 두문불출 칩거에 들어간다.

주말의 일과는 이렇다. 열 시쯤 깨서 커피 한 잔 마시고 브런치를 시켜 먹고는 잠깐 영화 보는 척 앉아 있다가 소화가 되면 또 눕는다. 모로 누워 책을 읽으면 두 장을 못 넘기고 잠이 오는데 그럼 알람도 맞추지 않고 낮잠을 잔다. 세 시쯤 깨서 또 책을 읽는다. 그러다 설핏 다시 잠들었다 깨어나면 그새 초저녁이다. 낮잠을 자면 험한 꿈을 많이 꾸니 졸려도 참아야지 하면서도 이건 오로지 주말의 호사라는 생각에 자꾸만 눈이 감긴다. 저녁에 깨면 잘 자 놓고도 주말이 아까워져서 친구에게 연락해 보지만 친구도 똑같이 누워 있다. 아무와도 이야기하지 않고 현관문 한 번 열지 않은 채 체력을 충전했으니 다 늦은 저녁에 잠시 동네 산책을 한다. 저녁을 먹고 설거지하고 씻고 나서 얼른 또 드러눕는다. 낮에 다 자서 잠이 안 올 줄 알았는데 또 잠이 온다.

그렇게 이틀을 보내고 나면 금요일에서 일요일 저녁으로 순간 이동을 한 것만 같다. 다시 알람을 맞추고 도시락을 싸다 보면 그저 "인나서 출근하는 것만으로도 칭찬받아 마땅하다!" 하는 생각이 들고 만다. 비가 오나 눈이 오나 밥통까지 옆구리에 야무지게 끼고서 출근하는 우리들. 그 모습만 떠올리면 인간이라는 존재가 무척 짠하고 자꾸만 응원하고 싶어진다.

내가 오늘 속이 안 좋아가지고
오늘 포도시 밥 먹었다.

예능 프로그램 『서울 촌놈』(tvN) 3회

"포도~시 먹었네이" "포도~시 도착했당께" "포도시 갔어"라는 말을 들어 본 적 있는가? '포도시'(뽀도시)란 겨우, 아슬아슬하게, 몹시 어렵게'라는 뜻인데 일의 난도가 올라갈수록 '도'를 늘여서 발음한다. 그럴 때면 입술은 더욱 동그래진다. 내가 포도시 하는 것 중 으뜸은 뭐니 뭐니 해도 운동이다.

10대부터 20대 초반까지는 나름대로 여러 운동을 섭렵했다. 이소라의 다이어트 체조, 수영, 복싱, 달리기…… 그때 쌓은 체력을 참 오래도 써먹었다. 서른이 넘도록 아무 운동도 하지 않고 지내다 일자목 탓에 통증이 심해 치료를 오래 받은 뒤로는 병원에서 권한 필라테스를 다니기 시작했다. 필라테스라는 운동이 늘 궁금하면서도 비싸서 등록을 미루던 차에 병원의 권고가 좋은 구실이 되었다. 필라테스는 생각보다도 훨씬 내게 잘 맞았다. 목, 손목, 발목 등의 상태가 다 좋지 않은 나도 무리 없이 잘 해낼 수 있었다.

운동은 아무리 재밌다 해도 집이나 회사 근처가 아니면 가기 싫어하는 나 자신과의 싸움이 추가되기 마련이라, 집에서 가장 가까운 필라테스 학원에 등록했다. 8시 수업은 매우 뽀도시 도착하는 경우가 잦아 마음 편히 9시 수업에 간다. 마지막 타임이라 그런지 가끔 운 좋으면 혼자 수업을 받기도 하는데 그럴 때면 재활을 전공한 선생님이 마사지도 오래 해 주신다.

갈비뼈를 닫고, 목을 쭉 뽑아 내고, 엉덩이를 접으라는 선생님의 지시를 들으며 자주 당황하지만, 그래도 나를 챙길 한 시간이 있음에, 건강과 마음의 여유가 있음에 안심한다. 앞으로도 운동은 뽀도시 다니겠지만, 지금 해 두면 나이 들어서 포도시 해내는 일들을 조금이나마 더 줄일 수 있으리라 믿는다.

"이번에 군수 됐다매, 술점 받아 줄라나?"
"그 꼬꼽쟁이가 온체 그러겄다."

「우리동네 생활사투리 24, '꼬꼽쟁이'」

『홍성신문』(2021.3.13.)

사투리를 톺아보다가 재미난 점을 하나 발견했다. 전라도 사투리에는 쪼잔하거나 얍삽한 걸 무척 싫어하는 표현이 꽤 많다는 것이었다. 꼽꼽시럽네, 꼬꼽쟁이네, 짜잔한그, 얌시럽네, 찌깝하네……. 이런 언어 속에서 나고 자라서인지 나는 작은 것 하나까지 꼼꼼하게 셈하여 챙기는 성격이 되질 못했고, 무엇이든 반드시 공평하게 나눠야 한다는 개념도 거의 없었다. 친구와 뭘 같이 사 먹을 때 내가 이번에 사면 다음 번엔 재가 사는 식이었다. 금액이 반드시 맞을 필요도 없었다. 그래서 스무 살에 서울에서 경험한 더치페이 문화 앞에서 내 손은 조금 주춤거렸다. 100원 단위까지 나누는 일에 쉽게 적응이 되지 않아서, 꽤 오랫동안 나 혼자 100원 단위는 500원으로라도 올림을 해서 보내곤 했다.

마음이 편하고 말고와는 별개로 정확한 더치페이가 이것저것 따지고 잰 행위라기보다 서로 마음의 품을 들이지 않도록 배려한 행위에 더 가깝다는 걸 금방 알게 됐다. 다음을 약속하며 갚아야 할 일을 기억하는 건 꽤 에너지가 많이 드는 일이니까. 이 사실을 알게 되니 오히려 많은 관계가 더 산뜻해졌다.

스무 살의 내게는 익숙한 세상과 새로운 세상의 다른 점을 찾아내는 큰 돋보기가 있었던 것 같다. 서울에 온 사실 자체가 겁나고 신기하고 낯설어서, 이것도 다르고 저것도 다르다며 사소한 것까지 금방 알아챘다. 다행인 건 그 돋보기를 둘 중 뭐가 낫고 별로고를 비교하기보다 각각의 장점을 발견해 내는 데 조금 더 사용한다는 점이다. 어쩐지 두 문화를 자유롭게 넘나들 줄 아는 사람이 된 기분이다.

아따 프리스타일 솔찬히 힘들다.

방탄소년단 제이홉

'솔찬히 힘들다'면서 끝까지 해내는 사람을 나도 한 명 안다. 도쿄 책거리 책방의 김승복 대표님이다. '책거리'는 진보초 한복판에서 한국 책을 파는 유일한 한국 서점이다. 우리는『서점의 일생』출간 기념 북토크에서 처음 만났는데, 대표님이 뿜어내는 기운은 꼭 뿔 달린 무소 같았다. 대표님은 내가 태어난 해에 일본으로 건너가 한국 문학의 황무지에 문학의 씨앗을 꾸준히 심었다. 책거리의 문을 열기 훨씬 전부터 일본에서 쿠온출판사를 운영하며 한강, 김연수, 최은영 등 내로라하는 한국 작가들의 작품을 번역 출간했고, 한일 문학 기행을 기획하고 번역 콩쿠르를 여는 등 민간 외교관 역할을 해냈다.

2019년에는 'K-북 페스티벌'을 주관해 말 그대로 한국 책 축제를 열기도 했다. 한국 책을 번역해 출간하는 일본 출판사 20여 곳과 한국 독립서점들이 모인 일일 행사였는데, 이날 장내의 공기를 영원히 잊을 수 없을 것 같다. 한국 문학이 좋아서 한국 책을 더 읽으려고 온 일본 독자, 모국어로 된 책을 사러 온 독자들로 종일 북적이던 풍경 속에서 이 일을 하길 잘했다고 몇 번이고 생각했다. 한국 문학이 일본에서 사랑받기 시작했다는 걸 온몸으로 느꼈다. 행사는 크게 성공했고, 당연히 그다음 해에도 우리가 만날 수 있을 줄 알았다. 하지만 예기치 못한 팬데믹 사태를 맞아 행사에 참가하지 못했다. 몇 년 뒤 퇴사 후 떠난 도쿄 여행에서야 대표님을 다시 만날 수 있었다. 여전히 왕성한 에너지를 뿜어내시는 대표님에게서 그간 책거리에서 일어난 재미난 변화들에 대해 듣기도 하고, 도모하고 계신 미래의 풍경을 함께 나누기도 했다. 동향 분위기에 도쿄 한복판에서 "와, 진짜요? 솔찬히 기대되는데요!"라고 외칠 수 있었다. 계획하고 계신 모든 것들이 술술 잘 이뤄지기를 바라는 봄날의 오후였다.

"아따 그라고보믄 참으로 신기한 일이여잉."

"뭐가?"

"이녁하고 나 말이여."

드라마 『녹두꽃』(SBS) 19회

세상에 많고 많은 책 중에 이 책을 집어 끝까지 읽은 당신과 세상에 많고 많은 책 중에 이 책을 끝까지 써낸 나의 인연을 생각하면 몇 번이고 새롭게 놀란다. 누군가는 호기심을 동력 삼아, 또 다른 누군가는 진한 그리움 속에서 추억을 톺아보며 책의 마지막 장에 다다랐을 것이다. 뭐가 되었든 이 독서 행위에는 말하는 이의 마음을 정확히 이해하고 싶다는 좋은 욕심이 포함되어 있을 테다. 낯선 말의 뜻을 고민하고, 화자의 억양과 뉘앙스를 세심히 살피는 일. 까맣게 잊고 지내던 사투리를 반갑게 다시 만나 몸으로만 기억하던 입말을 활자로 읽고 기억하려는 시도. 이런 행위들은 외따로 떨어진 무인도 같은 상태에서는 필요치 않을 것이다.

내가 사투리로 표현하는 마음을 사람들이 찰떡같이 알아주면 좋겠다는 생각은 이내 사람들이 전라도 사투리를 조금이라도 더 알았으면, 자꾸만 잊히는 사투리가 더는 사라지지 않았으면 하는 마음으로 이어졌다. 이는 분명 타인과 연결되고자 하는 열망이었다. 나의 언어로 정확한 사랑(과 분노와 기쁨과 즐거움)을 전하고 싶었고, 나라는 존재가 오해 없이 받아들여지길 바랐다. 사투리로 더 깊고 진한 마음을 나누고 싶었다. 내가 혼자 알에서 태어난 것마냥 아무 도움도 연결도 필요치 않은 사람이라면 이런 작업은 하지 않았을 거다.

사투리는 이해하기 어렵다는 생각을 버리면 그 순간부터 귀가 트이는 신기한 언어다. 이제는 전라도 어디를 가든, 전라도 사람을 만나 무슨 이야기를 하든 난생처음 듣는 사투리도 뜻을 알아채기가 어렵지 않을 테다. 우리는 이미 백 번의 대화를 나눈 것과 마찬가지니 말이다.

"이녁과 나가 100번째 문장에 다 와블다니, 참말 이런 날이 오긴 오는구만. 여까지 오느라 겁나 애썼소. 또 보드라고!"

전라의 말들
이것을 읽어블믄 우리는 거시기여

2024년 12월 4일 초판 1쇄 발행

지은이
손정승

펴낸이	**펴낸곳**	**등록**	
조성웅	도서출판 유유	제406-2010-000032호(2010년 4월 2일)	

주소
경기도 파주시 돌곶이길 180-38, 2층 (우편번호 10881)

전화	**팩스**	**홈페이지**	**전자우편**
031-946-6869	0303-3444-4645	uupress.co.kr	uupress@gmail.com

	페이스북	**트위터**	**인스타그램**
	facebook.com	twitter.com	instagram.com
	/uupress	/uu_press	/uupress

편집	**디자인**	**조판**	**마케팅**
인수, 김정희	이기준	한향림	전민영

제작	**인쇄**	**제책**	**물류**
제이오	(주)민언프린텍	라정문화사	책과일터

ISBN 979-11-6770-106-0 03810